SURTOUT L'AMOUR

Féministe de mère en fille... ou vice versa !

Susie Morgenstern

SURTOUT L'AMOUR

Féministe de mère en fille... ou vice versa !

Illustré par Catel Muller

Gallimard Jeunesse

Il y a bien sûr la santé
Et le bonheur.
Il y a expérimenter, inventer
Dans un monde meilleur.
Il y a la passion
Il y a aussi l'humour
Et l'éducation
Mais surtout, oui surtout, l'amour !

1
Ni, ni à l'infini

Quand Camille s'est évadée de l'utérus sombre pour éclater dans la lumière, sa mère, telle une bonne fée, lui a souhaité une seule qualité. Ce n'était pas les qualités des contes de fées, ni la beauté, ni la sagesse, ni l'humilité – ni cent autres qualités, ni, ni, ni à l'infini... C'était encore autre chose :

– Mon bébé, je voudrais surtout que tu trouves un amour aussi fort que celui qui t'a propulsée dans ce monde.

Le bébé n'a rien répondu, n'a rien promis, n'a rien compris.

Mais Camille a grandi selon les habitudes des bébés. Elle a marché, parlé, appris à lire.

Elle s'entendait bien (avec des hauts et des bas) avec sa petite sœur, Clara, et sa mère. L'amour qui avait démarré si fort entre sa mère et son père n'avait pas duré : lorsque Camille avait 6 ans, son père, Lionel, les avait quittées. Qu'à cela ne tienne, sa mère, Catherine, s'était dédoublée – jonglant entre l'école, la maison et sa carrière de journaliste.

Certes, Camille et Clara étaient souvent les dernières devant l'école, le soir. Certes, le dîner était parfois un peu brûlé, délaissé par une Catherine débordée par les coups de téléphone, et de temps en temps, les filles débarquaient avec leurs valises chez papa ou mamie – juste quelques jours, le temps d'un reportage. Mais Catherine était toujours là pour les moments importants, et Camille était fière de sa mère. Quand les parents venaient présenter leur métier à l'école, c'était toujours devant sa maman qu'il y avait le plus d'élèves, et à la cantine, Camille fascinait ses camarades en racontant les nouvelles du monde entier.

Après l'école, il y eut le collège, et le lycée. Camille faisait ses devoirs, lisait des livres, regardait des séries, échangeait des messages au rythme d'un jeu de ping-pong avec sa meilleure amie. Elle fêtait Noël et Pâques, sans trop en connaître les significations religieuses, pas plus que celles des cadeaux et des œufs en chocolat. Elle allait au bal du 14 Juillet sans approuver la brutalité de la Révolution. Elle se déguisait en sorcière pour Halloween sans être consciente d'avoir copié une culture pour l'insérer dans la sienne.

En d'autres termes, Camille était une lycéenne « normale » avec des préoccupations ordinaires, inquiète pour ses notes et son bac, indécise quant à son avenir, modérément complexée au sujet de son corps, toujours à la recherche d'une tenue à mettre le lendemain avant de retomber sur le même jean et le même pull.

Elles parlaient à table des reportages de Catherine, mais par moments, Camille n'écoutait plus que d'une oreille distraite, préférant textoter avec ses amies... De toute façon, sa mère lui en parlait de moins en moins. Maintenant que son bébé avait grandi, elle n'avait plus qu'une question : Camille avait-elle un amoureux ? Son vœu s'était-il réalisé ? Elle avait beau enquêter, la réponse officielle était toujours non.

Pourtant, Camille avait déjà eu quelques coups de foudre et quelques déceptions amoureuses, avait échangé quelques baisers furtifs, quelques câlins en cachette.

Avec sa mère journaliste et souvent absente, elle avait toute l'autonomie sans surveillance dont une ado pouvait rêver. Des camarades de classe allaient et venaient et Camille était libre de les introduire dans la chambre qu'elle partageait avec sa sœur quand celle-ci s'absentait. Elle pouvait rester le week-end en pyjama, s'empiffrer de chocolat et de gâteaux, se laisser aller à une frénésie de séries. Elle pouvait sortir et rentrer à des heures indues, fréquenter des bars, faire des rencontres insolites.

C'est grâce à un sujet que sa mère couvrait que Camille avait pris conscience que toutes les filles de son âge n'avaient pas la même liberté. Elle avait suivi certains reportages au journal de 20 heures sur les femmes en Arabie saoudite qui avaient obtenu le droit de passer le permis de conduire. Cette fois, Camille avait levé les yeux de son téléphone, s'était intéressée, et même, indignée ! Pour elle, ce n'était pas une victoire, cela va sans dire. Elle prenait comme dus tant de fruits des batailles combattues avant qu'elle ne soit née. Ça lui était insupportable : pourquoi faut-il se battre pour une évidence ?

– Se battre ? avait dit sa mère. Dans certains pays, c'est plutôt mourir si une femme sort sans être accompagnée par un membre de sa famille et étouffée par la burqa ! En Afghanistan, les filles ne peuvent pas aller à l'école, elles ont perdu leur travail depuis l'arrivée des talibans, n'ont pas le droit de sortir. Elles ont tout juste le droit de rester à la maison. Les femmes sont battues, violées, défigurées, lapidées. Tu sais bien, je t'en ai parlé plein de fois !

– Et on ne fait rien pour les défendre ?

– Comment veux-tu que l'on fasse quoi que ce soit ? On aimerait, bien sûr. Les gouvernements appliquent des sanctions économiques et d'autres menaces, mais que faire devant les kalachnikovs de brutes complètement bouchées ?

– Mieux vaut mourir en défendant ses droits !

– C'est facile à dire.

À partir de ce soir-là, Camille perdit son flegme adolescent. Elle retrouvait la curiosité de son enfance, pressait sa mère de questions. Quoi d'autre n'allait pas dans le monde ?

– Tellement de choses, ma Camille ! Je ne sais pas, moi, il faudrait sauver la planète et les orangs-outangs, abolir la pauvreté, terminer les guerres, accueillir les réfugiés, soutenir les immigrés, anéantir le racisme, tordre le cou à l'antisémitisme.

– Et zigouiller l'homophobie ?

– Oui bien sûr, zigouiller l'homophobie ! Mais

surtout, ma Camille, il faut penser à finir le lycée – et puis à être heureuse, aussi ! Tu n'as toujours pas de garçon dans ta vie ?

– Toujours pas, non !

À la cantine, dans la cour du lycée, elle entraînait à nouveau ses copines sur les sujets d'actualité. Sur son portable, elle suivait des personnalités engagées, et se laissait bercer par les voix féministes qui se déployaient, toujours plus fortes. Elle likait tous les posts de Greta Thunberg : elle avait bien raison, elles étaient jeunes, c'était à elles de changer le monde ! Alors, Camille s'enfermait dans sa chambre, pendant des heures, pour y travailler. Mais elle avait beau se concentrer, elle avait encore du mal à savoir concrètement comment contribuer à ce changement.

Catherine regardait ses deux filles grandir. Clara était plus discrète, ne prenait pas souvent la parole, mais écoutait intensément. Quant à Camille, elle la voyait changer, grandir, réfléchir, bouillir – parfois amusée, souvent inquiétée, toujours étonnée. Pourtant, la mère poule pouvait être rassurée : Camille ne séchait pas les cours pour manifester, elle se mettait à préparer son bac… Et la journaliste féministe était fière de voir sa fille s'affirmer ainsi ! Mais parfois, les sorties de Camille lui semblaient vraiment trop salées… elle avait tant de colère en elle !

Comme ce jour où Camille avait ce que les Américaines appellent « *the curse* , la malédiction, ou, comme on dit, ses lunes, les rougets, l'armée rouge, la tomate, la semaine des fraises. En un mot, elle avait ses règles.

– Pourquoi les hommes n'ont pas leurs règles eux aussi ? Oh, je le souhaite à ces tourmenteurs ! Que les sangsues boivent leur sang et qu'ils se dessèchent. Que les oignons poussent dans leurs nombrils. Qu'ils aient mille pattes avec des ongles incarnés à chacune ! Qu'ils perdent toutes leurs dents sauf une qui fait affreusement mal.

– Bonne idée !

– Surtout qu'ils aient des règles ! Des hémorragies. Des crampes. C'est tellement injuste !

– Oui, mais nous, on peut fabriquer des bébés, et ça c'est divin !

– Oui enfin beau cadeau l'accouchement ! Dans les films, on voit la femme souffrir atrocement – encore une injustice !

– Je ne sais pas si c'est juste ou injuste, c'est la nature... On peut faire évoluer les mentalités, militer pour l'égalité des genres, dire que les hommes peuvent tout autant changer une couche, donner un biberon et gérer la maison qu'une femme. Mais ça n'aide pas pour accoucher, ou pour les douleurs des règles !

– Moi, je crois que c'est lié ! Une fille disait sur Insta que si les hommes se tordaient de douleur une fois par mois, on aurait déjà trouvé un médicament. Alors maudissons-les, voilà la solution !

– Tiens, ce n'est pas faux ça... Mais dis-moi, tu es devenue une vraie féministe !

– Tu l'es, toi ?

– Tu peux encore poser cette question après mon reportage aux États-Unis sur l'avortement...

le droit à l'avortement ? Ou mes articles sur le mouvement LGBTQI+ ?! Bien sûr que je le suis.

– Oui, maman, je sais que tu l'es. Et papa ?

– Oui, lui aussi. Et ma chérie, je suis très fière que tu t'engages sur ces sujets. Mais tu sais, il ne faut pas se laisser consumer par la colère. Le plus important dans la vie, c'est d'aimer. Surtout aimer.

– Alors maman, voici le scoop : Je suis amoureuse !

– De qui ? demande Catherine, la mère de Camille.

– Patience, maman !

2
Le portrait de l'amoureux

Catherine n'est pas une personne morose. Ses yeux bleus encadrés de mèches brunes étincellent. Elle aime ses filles, son travail et même son ex-mari. Parfois un excès de préoccupations passionnées l'empêche de dormir et produit des poches sous ses yeux et des ridules sur son visage. Parfois les soucis persistants pour ses filles et pour l'avenir du monde lui tordent les intestins. Il lui arrive aussi de traîner en réfléchissant au sens de la vie et de sentir monter la peur de la mort – surtout depuis que sa meilleure amie,

Sophie, est entrée en chimiothérapie intensive pour un cancer du sein. Catherine voit bien son courage, elle sait qu'on peut trouver la force de faire face aux pires déconvenues, mais elle les craint quand même terriblement. C'est sans doute pour ça que certains prient. Puisqu'elle n'a pas de dieu, elle se contente de s'inquiéter. C'est peut-être la même chose.

N'empêche que depuis l'annonce que sa fille est amoureuse, Catherine est dans une bulle de bien-être. Elle part de la maison en valsant. Elle tape sur le clavier en chantant. Elle ouvre son parapluie comme Gene Kelly qui danse dans les flaques. Elle sort du métro déterminée à faire un gâteau, elle qui d'ordinaire, à part des brownies à la louche, ne fait jamais de la pâtisserie. Ça l'ennuie de devoir peser les ingrédients !

Oui, que demander de plus que l'amourrrrrr ? Sa fille est amoureuse ! Il lui arrive par moments d'avoir envie de quelques sous de plus pour gâter ses filles et acheter un appartement plus spacieux, mais elle sait que l'argent ne fait pas le bonheur. Se blottir contre un être aimé fait oublier le manque d'espace et les quelques contraintes budgétaires. Partager un lit, un repas, une conversation, un rêve, être peau contre peau, échanger un regard, un sourire et cette sensation de désir qui monte, ce ballet immobile dans lequel deux corps se soudent en un, ça c'est le véritable bonheur. Bonheur et amour, deux abstractions pas si abstraites. Mais pour elle, ce n'est qu'un vague souvenir. Ça fait longtemps que l'amour lui échappe, alors elle vit un peu par procuration, en le souhaitant à ses filles !

Elle se met à faire le portrait de l'amoureux de sa fille et elle invoque un métier pour lui. Peut-être que ce n'est pas un simple camarade du lycée et qu'il est déjà étudiant en médecine, grand dans sa blouse d'un blanc immaculé avec un stéthoscope qui pendouille sur son épaule. Un bienfaiteur de l'humanité qui guérit et console, sérieux et engagé. Camille l'aurait rencontré dans le bus 72 en passant devant la tour Eiffel. Ils auraient tous les deux pris des photos. Ils seraient descendus au même arrêt et il l'aurait invitée à boire un chocolat chaud.

Ou un jeune homme dans une grande école d'ingénieurs, Polytechnique, les Mines ou Centrale. Camille l'aurait rencontré au Salon de l'étudiant où il tenait le stand de son école et quand elle a posé la question « Quel est le ratio filles/garçons ? », il aurait répondu « Parité ! 50/50 », un peu optimiste ou menteur. Elle lui aurait raconté son parcours en avouant qu'elle visait plutôt Sciences Po pour mieux s'armer pour le combat. « Quel combat ? » aurait-il demandé. « Pour un monde meilleur, égalité et justice pour tout le monde. » Ils auraient échangé leurs numéros de téléphone. Et c'est sans doute elle qui lui aurait téléphoné car elle l'avait trouvé craquant.

Catherine se reproche d'avoir des désirs conformistes et bourgeois. Les jours suivants, elle fantasme sur des artistes, un musicien de rue, un chanteur/guitariste. Camille aurait tant aimé sa performance qu'elle aurait mis quelques pièces dans son étui de guitare. Un Américain à Paris, il aurait été soulagé qu'elle parle l'anglais grâce à ses séries chéries. Ils seraient allés manger un hamburger avec les sous qu'il gagne grâce aux

Parisiens généreux et mélomanes. Parce que ça marcherait bien pour lui. Oui, elle a des goûts petits-bourgeois, Catherine. Elle ne peut pas imaginer sa fille crever la faim dans une chambre de bonne minable.

Non, pour assurer son avenir, le mieux serait peut-être un futur énarque, ou un HEC banquier, prêt à gérer les fortunes des ultrariches. Ou carrément un ultrariche lui-même, un bon héritier ! Il serait toujours tiré à quatre épingles, et Camille lui aurait demandé son avis dans une boutique pour l'achat d'une cravate pour son père qui n'en avait pas une seule. Il lui aurait fait une sélection comme un test de goût. Son choix lui aurait plu et il l'aurait invitée sur-le-champ dans un restaurant renommé dans le quartier. Catho guindé et peu spontané, elle l'aurait aimé quand même. Une deuxième soirée aurait suivi la première. Il aurait brandi deux billets d'avion pour un week-end à Marrakech. Il aurait même proposé d'inviter sa mère et sa sœur.

L'amour, le mariage font donc toujours autant fantasmer les mères que du temps de Jane Austen ?

OK, du calme, se dit Catherine. Qu'il soit riche ou pauvre ou entre les deux, studieux ou insouciant, grand ou petit, bavard ou taiseux, élégant ou négligé, aristo ou ouvrier, survolté ou calme, du moment qu'ils s'aiment ... on le prend comme il est.

Oh quand va-t-elle le voir ? Dans sa tête, elle compose le menu pour son premier dîner à la maison. A-t-il des intolérances alimentaires ? Il faudra qu'elle demande à Camille. C'est peut-être le moment de renouveler la vaisselle. Il va falloir sérieusement ranger la maison. Est-ce qu'il est végétarien ou végan ? Lit-il son journal ? Que font ses parents ?

Catherine a beau trépigner, pour l'instant Camille ne lâche pas le moindre indice. Alors en attendant de cuisiner pour l'amoureeeeux, elle décline ses grands classiques, des plats simples mais que ses filles adorent, macaronis au fromage, cordon-bleu, soupe froide, raviolis... Camille révise pour son bac, il lui faut du confort et du réconfort.

3

Louise, Nejma et bébé Antoine

Ce soir, on sort un peu des menus confort : un couple d'amies de Catherine, des copines de l'école de journalisme, viennent dîner ! Elles sont rarement à Paris et Catherine se réjouit de les voir : alors elle a mis les petits plats dans les grands ! D'autant que c'est une occasion spéciale…

À la grande surprise de Catherine, Camille ne partage pas son enthousiasme… elle aime tant ce couple pourtant !

– Ce n'est pas le moment, maman, je comptais manger en cinq minutes et m'enfermer dans ma chambre.

– Mais ma chérie, tu peux bien prendre une petite pause ?

– Je travaille tu sais, c'est important !

– Je sais ma chérie, mais je ne pouvais pas faire autrement, elles sont venues de Strasbourg exprès pour nous présenter le petit Antoine !

L'évocation du bébé suffit pour que Camille quitte son air râleur et se radoucisse.

– D'accord. Oui, après tout, je suis contente de les voir et de rencontrer ce bébé miracle. Le travail attendra. Tu as besoin d'aide ?

– Je me suis levée à l'aube pour préparer le repas. J'ai même respecté précisément la recette, les quantités, le temps de cuisson, tout quoi, tu imagines ?

– Superwoman ! Je mettrai la table.

– Va plutôt réviser et envoie-moi Clara.

– Tant qu'à devoir m'arrêter pour dîner, je

préfère profiter d'un moment ensemble, et aider pour une fois !

– Merci, ma Camille, je suis contente que tu prennes du temps ce soir. Tu sais que ça a été long pour Louise et Nejma d'avoir leur bébé, elles se sont tellement battues !

– Elles sont passées par l'assistance médicale à la procréation c'est ça ?

– Oui, mais elles ont dû attendre des années pour que la PMA soit autorisée en France ! Avant ce n'était possible que pour les couples hétérosexuels. Maintenant, heureusement, les couples de femmes aussi peuvent y avoir accès ! Ça a dû être un tel soulagement pour elles... Elles nous raconteront ce soir !

– Pas d'interrogatoire hein, pose ta casquette de journaliste ! Ce soir on n'est pas là pour un reportage, juste pour dire bienvenue à Antoine. Quelle joie ! Cela dit, moi j'ai juste une petite question – tu dois savoir : comment ont-elles choisi qui serait la mère ?

– Elles le sont toutes les deux. D'un point de vue biologique, Nejma a donné l'ovocyte et

Louise l'a porté. Mais même si ce n'était pas le cas, elles n'en seraient pas moins les mamans d'Antoine, toutes les deux ! Je suis si heureuse pour elles… Tu te rappelles leur mariage ? demande Catherine.

– Comment oublier ? C'était la cérémonie la plus émouvante que j'aie jamais vue !

– Du haut de ton grand âge ! Mais oui, c'était formidable. Simplement, elle a eu lieu des années après leurs fiançailles, quand le mariage est devenu légal… Rien n'est simple quand tu dois te battre pour que la société t'accepte.

– Qui te dit que la vie doit être simple ?

– OK ! Vive la complexité, les complications, les galères ! Tu parles !

– Je ne dis pas ça : mais heureusement que des femmes comme Louise et Nejma ont la force de se battre, elles ouvrent la voie !

4
Immortalité ou vie ?

– Que veux-tu pour ton anniversaire ? Nous sommes déjà fin avril, ça se rapproche ! demande Catherine à Camille.

– Un bulletin de vote !

– Mais oui, bientôt tu voteras pour la première fois. Ça a été durement acquis. Rappelle-toi mon film documentaire sur le droit de vote des femmes suisses !

– Oui, encore plus tard que nous, les Françaises ! Ni lors de la Révolution française, ni après la Première Guerre mondiale, ni avec le Front populaire. Il a fallu attendre la Libération pour que les femmes votent pour la première fois en France, en avril 1945 ! Avant mon premier vote, j'ai tout lu sur le sujet. Je suis indignée. Tu sais ce que j'aimerais comme cadeau ?

– Le bac ? Ça serait facile : c'est la semaine d'après !

– Ça aussi ! Mais je pensais surtout à une statue d'Olympe de Gouges, pionnière des droits de la femme.

– Elle a été bien récompensée pour son combat, on lui a coupé la tête.

– Oui, à 45 ans. Tu n'en es pas loin, maman. Mais elle a quand même reçu une gratification : sa renommée, qui la rend immortelle.

– Tu préfères être immortelle que vivante ?

– Je préfère surtout me battre ! Voilà ce que je veux pour mon anniversaire : m'engager ! On est plus de deux siècles après sa mort, et on ne respecte toujours pas les femmes et leurs droits, pas même leurs vies !

– Nous ne sommes pas non plus en Iran, ou

en Afghanistan… En France, les femmes ne sont pas en danger de mort !

– Beau comparatif ! Et puis maman ! Tu es journaliste, la première sur l'info. Tu sais bien que des femmes meurent encore en France ! Et quand elles ne meurent pas, elles sont agressées, sous-payées, dévalorisées ! On leur dit qu'elles sont nulles en maths, qu'elles sont trop hystériques pour diriger : d'ailleurs, on n'a jamais eu de présidente de la République !

– Mieux vaut un président de gauche qu'une présidente de droite ! dit Clara.

Sa véhémence réjouit Camille – Clara n'a pas toujours assez confiance en elle pour intervenir dans leurs conversations.

– Oui et non, sœurette. Ceci dit, si tu veux me faire un beau cadeau : une baguette magique pour changer tout ça, ou au moins une méthode, une idée, rien qu'une petite idée !

– Mon bébé, ma petite poupée, qui devient une adulte – et une militante enflammée ! s'attendrit Catherine.

– Comment tu m'as appelée ?

– Une militante enflammée ? Ça ne me semble pas exagéré, tu rêves de barricades !

– Non, « ma petite poupée », on dirait papa !

– Tiens, c'est vrai que ça ne me ressemble pas...

– En tout cas, voilà qui me donne une idée justement ! Je vous en parlerai plus tard, mais je crois que je tiens mon projet !

– Quel mystère ! Bon, eh bien avec le bac et le vote, voilà déjà trois cadeaux sans grand effort ! Mais j'aimerais faire une fête pour tes 18 ans. Qui veux-tu inviter ?

– Ma meilleure copine. Mamie ? Ma sœur !

– Cela va sans dire. Et encore ? Papa ?

– Bof ! Il vient à chaque fois avec son épouvantable Marina.

– C'est ton père quand même.

– Il peut être mon père et ne pas venir à mon anniversaire, ou bien m'inviter en tête à tête, sans son équipage, dans un bon restaurant.

– On s'était promis de rester unis, d'être une famille malgré le divorce.

– On n'a pas l'obligation de faire semblant d'être une famille.

– On ne fait pas semblant ! Tu as une mère et tu as un père.

– D'accord pour papa.

– Et ton chéri ?

– Bien essayé, mais c'est trop tôt. Patience !

– Pitié ! Je meurs d'envie de le connaître.

– Tu ne vas pas mourir, maman.

– Moi, je sais ! dit Clara.

– Tu ne sais rien du tout, et si tu tiens à ta vie tu ne dis rien. Et si tu veux de l'aide en maths, tu te tais ! Et si tu veux rester ma sœur, tu t'écrases.

– Je ne peux pas ne pas être ta sœur !

– Je peux te répudier !

– Mais je t'ai déjà acheté ton cadeau d'anniversaire avec toutes mes économies.

– Économise surtout ta parole ou je te tue.

– Mais pourquoi ce grand secret, encore un ? demande Catherine.

– Un secret est sacré. Un secret est caché, confidentiel, inconnu, voilé. Il ne faut pas piétiner un jardin secret ! Laisse-moi vivre dans mon jardin !

– Les secrets sont malsains.

– Non, maman, gardons le mystère. Le secret me protège de ta pression et te protège d'une réalité que tu n'accepterais peut-être pas.

– Tu n'as pas besoin d'être masquée devant moi !

– Le secret de l'intimité est nécessaire.

– Je suis ta mère !

– Raison de plus.

– Je hais les secrets. J'en ai trop connu dans ma famille. Dissimulation et mensonge.

– Je peux te dire que je ne suis pas en danger, que je suis heureuse, et que tu sauras sans doute tout d'ici la fin de l'année scolaire. Le sujet est clos !

– Alors on mange. En silence ! Parce qu'on ne peut pas aborder les sujets essentiels.

– Tu ne crois pas qu'on parlait d'un sujet plus important, à l'instant ?

– Mon premier sujet c'est toi et Clara.

– Concentrons-nous sur Clara alors. Comment vas-tu Clara ?

– Je vais mal. Je n'ai pas d'amoureux, je suis une élève médiocre, je ne suis pas belle, et tu as eu toutes les qualités, tu ne m'as rien laissé !

– L'amour, l'amour ! Comme si on n'avait pas d'autres propositions pour les jeunes femmes d'aujourd'hui ! OK oui, l'amour ! Tu as le temps pour l'amour petite sœur ! Et tu sais très bien que tu es belle ! Ce qui est vrai, c'est que tu ne fais aucun effort pour le lycée. Quand tu décideras de te bouger les fesses et de remuer tes méninges, tout ira bien, tu n'es pas plus bête qu'une autre.

– Je préfère qu'on se concentre sur toi ! dit Clara.

– Et pourquoi pas moi ? dit Catherine.

– Quoi toi ? Tu as un secret aussi ?

– Il s'avère que oui.

– Et tu meurs d'envie de nous le dire !

– Oui !

– Alors ? Tu es amoureuse aussi ?

– Oui !

– Tu nous le présentes ?

– Ce serait difficile.

– Pourquoi, il est marié ?

– Je pense qu'il est veuf.

– C'est commode. Alors qu'est-ce qui t'arrête ?

– Il ne sait pas que j'existe, ou à peine.

– Il a un nom ?

– Étienne.

– C'est ringard ! Un nom pour un vieux.

– C'est un nom de saint ! Et d'une ville ! Je suis vieille aussi.

– Qu'est-ce qu'il fait cet Étienne ?

– Il est chez *Libé* comme moi !

– Alors il sait que tu existes !

– Un minimum.

– Invite-le à mon anniversaire, tiens, si tu veux des invités !

– Je n'ose pas. Et de toute façon, il vaut mieux qu'on fasse connaissance avant de le brutaliser avec ma famille.

– Il faut oser, maman. Qui ne risque rien n'a rien. Ce n'est pas toi qui nous dis toujours ça ? Commence par lui faire tes brownies, ta seule pâtisserie.

– J'ai un rêve et un fantasme. S'il me repousse, je n'aurai même pas ça.

– Personne ne va rejeter tes brownies. Ils sont irrésistibles.

– Je préférerais être irrésistible, moi !

– Tu es fatale, maman – quand tu ne l'oublies pas.

– On mange ? demande Clara.

– Oui, en silence, avec nos démons.

5

Go for it !

– Clara va m'aider. Camille, va travailler !

– Comment veux-tu que je sois meilleure que médiocre si c'est toujours Camille qui est excusée des corvées ? Je suis en seconde quand même !

– C'est bientôt le bac, Clara chérie. Tu auras aussi ton tour.

– Tu me le promets depuis ma naissance. Pourquoi ce n'est pas moi la première née ? Je comprends bien le prince Harry qui en veut au prince William.

– Tu seras jeune plus longtemps que moi, dit Camille en partant.

– Eh mais tu vas où comme ça ? Enlève ton assiette au moins espèce de princesse !

– Où je vais ? Je vais jouer aux poupées !

Sur cette sortie, Camille part travailler dans sa chambre, mais pas pour le bac. Elle relit les notes de son projet secret : grâce à sa mère, il prend enfin forme ! Elle ajoute les noms : Grace Paley, Perla Servan-Schreiber, Danièle Mazet Delpeuch. Elle entend sa sœur qui continue de râler dans la cuisine.

Clara, de mauvaise humeur, range avec fracas les trois assiettes dans la machine en bougonnant : « C'est toujours sur moi que ça tombe ! Et en plus Camille se fiche de moi. »

Clara peste aussi contre les vieilles fringues de sa sœur et même les chaussures qui lui font mal aux pieds, qu'elle doit récupérer. « Elles parlent de la justice et de l'égalité des femmes sans évoquer l'injustice envers les sœurs cadettes, l'inégalité dans les familles ! Ne faut-il pas commencer par sa propre famille, pour nettoyer le monde ? »

– Alors ma Clarinette, tu connais l'amoureux de ta sœur ?

– Je l'ai dit pour la narguer et pour pouvoir faire du chantage contre des menus services.

– Tu ne sais vraiment rien ?

– Désolée maman. Le fait est que je n'en ai aucune idée. Je l'ai vue marcher avec untel et untel, prendre un chocolat avec un autre, travailler à la bibliothèque avec encore un autre. Elle connaît beaucoup de mecs, et elle plaît pas mal, c'est dur à dire. Mais même si je savais je ne te le dirais pas. Je tiens à ma vie malgré le traitement minable que je subis dans cette famille.

– Oui, ma chérinette, tu es réellement à plaindre. Tu es une pauvre orpheline dans la guerre, sans toit, nue et affamée.

– Tu te moques – n'empêche que je souffre !

– *Mia poverina !* Que puis-je donc faire pour ton bonheur ?

– Passer une journée entière avec personne d'autre que moi : faire du shopping en m'achetant des fringues rien que pour moi au lieu des vieux chiffons immondes de Camille, déjeuner ensemble et cinoche. Une journée de complicité avec ma maman.

– Affaire conclue !

– Tu plaisantes !

– Non, on va le faire à la prochaine date possible.

– Voilà le hic !

– Quoi ?

– Il n'y a pas de date possible. Tu vas toujours trouver des prétextes : une date limite pour un article, un rendez-vous avec ta mère, ou Camille qui doit être entourée avant le bac. Et maintenant cet Étienne qui se profile ...

– Étienne est une chimère, un baume à ma solitude.

– Ta solitude ? Comment peux-tu te considérer comme seule quand tu es la mère de deux splendeurs qui vivent encore avec toi ?

– Ce n'est pas ma tête qui est seule mais mon corps de femme qui sollicite de la tendresse.

Clara entoure sa mère de ses bras et lui fait des bisous.

– Ça ne te suffit pas, maman ?

– On ne se débarrasse jamais de nos rêves d'amour. Bien que vieille, je suis encore une jeune femme pleine de désir. Ça fait longtemps que je suis seule.

– En même temps, te larguer avec deux enfants en bas âge, pour cette vache de Marina – excuse-moi mais papa s'est comporté comme un beau salaud ! Je ne comprends pas que tu lui aies pardonné.

– La faute est toujours partagée. Entre nous, il n'y avait plus rien, ni amour, ni sexe, ni même conversation. Il est resté fidèle à ses filles. Je ne lui en veux pas.

– Oui enfin, il nous voit quand ça l'arrange, ou plutôt, quand Marina le laisse. Elle nous déteste. Et c'est réciproque : impossible de comprendre comment papa a pu la choisir plutôt que toi – elle n'est ni belle, ni intelligente, ni sensible, une vraie plaie ! J'espère que ton Étienne est un meilleur choix.

– « Mon » Étienne ! J'aimerais bien ! Il faudrait déjà qu'il me choisisse moi !

– Tu sais quoi ? On va lui écrire une lettre de recommandation, tiens, il sera bien obligé !

– Tu diras quoi ?

– « Cher Étienne, Notre mère nous a parlé de vous. Elle n'osera jamais prendre des initiatives (dans la vie oui, mais pas avec des hommes puisque ça fait douze ans qu'elle se dévoue uniquement à ses deux filles ingrates et elle a oublié la méthode). Mais tout comme une mère veut que ses enfants soient heureux, nous aimerions qu'elle soit épanouie aussi. Elle l'est dans l'ensemble, mais semble-t-il pas sexuellement. Notre mère est brillante (vous n'avez qu'à lire ses articles), belle (vous n'avez qu'à la regarder), courageuse (il n'y a qu'à regarder ses enfants) et en ses meilleurs jours sensible et gentille (vous n'avez qu'à vous laisser faire). Alors, pouvez-vous venir à notre secours ? Clara et Camille. »

– Si jamais cette lettre arrive au Père Noël, je suis sûre qu'il se livrera en jouet vivant.

– Oh maman ! Tu nous as donné des conseils toute ta vie, il est temps que tu suives les nôtres.

– En même temps c'est moi votre mère, pas l'inverse !

– Oui, et une mère géniale ! Avec nous, au travail, en amitié, rien à dire, tu es la meilleure. Mais en amour....

– Quoi en amour ?

– Une vraie poule mouillée ! Alors laisse-toi guider !

– Et quel est donc ce conseil magique ?

– *Go for it !* Autrement dit : « Vas-y ! »

– Facile à dire.

– Tu nous as toujours dit que la timidité ne nous amène nulle part. Alors va pour la témérité. Tu aimes l'audace.

– Je t'aime ma Clarinette !

– Assez pour supporter mon piano ?

– Assez pour tout supporter sauf...

– Sauf...

– Tes conseils.

6

Une vieille fille amère et ratatinée

Catherine pense qu'elle s'est trompée dans son choix d'amoureux de Camille. Pourquoi Camille aurait-elle peur qu'elle ne l'accepte pas ? La question turlupine Catherine.

Et s'il est tout petit ? (Elle s'est tellement vantée qu'Étienne soit grand et beau.) Et s'il est irrémédiablement moche, boutonneux, déformé, bossu, avec un nez comme Cyrano. Non, voyons, c'est trop superficiel, Camille ne doit pas savoir qu'elle a pensé à ça !

Qu'est-ce que les parents ont du mal à accepter? Une couleur de peau différente? Enfin, Camille ne peut quand même pas imaginer que ça dérange Catherine! Quelle absurdité! Elle sort son téléphone pour écrire à Camille et se ravise – sa fille sait bien qu'elle n'est pas raciste! Ça ne peut pas être ça…

Elle pense à ce film qui avait fait un tabac, et qu'elle avait trouvé si nul, dans lequel des parents cathos coincés devaient accueillir un gendre juif et un autre musulman. Est-ce que ce serait une histoire de religion? Ce serait déjà plus sensé : Camille sait qu'elle est farouchement athée. Si c'est le cas, il faut la rassurer! Cette fois, elle pianote frénétiquement sur son mini-clavier : « Qu'il soit catholique, musulman, hindou, juif, vaudou, protestant, on le prend comme il est… »

Elle s'empêche de rajouter qu'à ce compte-là il pourrait être un adepte de pastafarisme de l'Église du monstre spaghetti volant (pour eux, Dieu est un plat de spaghetti), ou un maradoniste qui se mariera dans le maillot numéro 10 de la star du foot – à ses yeux les croyances et les idoles se valent toutes, plus absurdes les unes que les autres…

Et s'il n'était rien qu'un doux rêveur… Catherine n'aime que les dynamiques. Effectivement, elle est intolérante envers les oisifs, les méditatifs, les paresseux. Pour elle, on est sur Terre pour l'améliorer, pour l'action, pour foncer !

Et si pire qu'un oisif, c'était un voyou ? Un dealer, un voleur, avec une boucle d'oreille entre les deux narines ou dans l'oreille comme un pirate ? Tatoué en plus ! Non, impossible d'imaginer sa petite Camille aux mains d'un mauvais garçon !

Voilà des peurs légitimes de mère ! Catherine est soulagée : la mère poule peut stresser sans faire rougir la journaliste de *Libé*, sans s'avouer qu'au fond elle n'est peut-être pas si ouverte d'esprit que ça.

Mais la vérité c'est qu'elle veut pour sa fille un garçon poli et bien comme il faut, sans éclats. Qu'il joue au volley, au basket ou au frisbee, qu'il aime – ou pas – les jeux de société, qu'il aime le cinéma et éventuellement la musique classique, qu'il sache faire des claquettes et le chili con carne, qu'il tourne des vidéos sur son téléphone avec une graine de créativité, un brin studieux quel que soit son métier…

Elle envoie un nouveau texto : « Ma Camille, qu'il soit plombier, technicien chauffagiste, exterminateur de rats, charpentier, livreur de pizzas ou simple lycéen, on va l'aimer. N'hésite pas à nous le présenter. »

« Maman ! As-tu oublié que j'aie le bac blanc en maths aujourd'hui ? Lâche-moi les baskets ! »

À partir de ce message, Catherine a cessé de respirer, tout en écrivant son article sur la folie de Poutine. Elle ne prie pas mais elle prie quand même le dieu du bac pour sa fille.

En rentrant, elle achète toutes les spécialités thaïes que ses filles aiment pour un dîner festif.

Première question urgente : « Comment ça

s'est passé ? » Première réponse monosyllabique : « Top ! »

– Pour de vrai ?

– Pourquoi pas. Tu ne m'en estimes pas capable avec toutes mes mentions très bien en maths ?

– Tu as ça de ton père ! Au moins ça !

– Tu t'es mariée avec lui pour ses gènes en maths ?

– Rien que ça ! J'ai choisi le géniteur.

– Tant mieux si c'est génétique, parce que si j'avais dû compter sur lui pour les révisions !

– Tu exagères, il t'a proposé de venir t'entraîner.

– Oui, et il est où ? Gentil, y a pas à dire, mais pas fiable pour deux sous !

– On mange ?

– C'est super maman ! Délicieux.

– Bon, les filles, j'ai une grande nouvelle extraordinaire et explosive.

– On t'envoie faire un reportage à Bakhmout…

– On sera seules à faire la fête tous les soirs.

– Vous pouvez faire la fête si je suis là aussi. Je vous dérange ?

– Non, maman, tu es parfaite.

– On t'aime !

– Merci, et je vous aime. C'est bon de le dire de temps en temps.

– Tu devrais le dire à Étienne.

– Ta nouvelle époustouflante alors ?

– Boostée par vos conseils, gonflée de courage, portée par des Amazones...

– Maman, un peu moins de lyrisme, *get to the point*, accouche !

– Je lui ai dit...

– « Voulez-vous coucher avec moi ce soir ? »

– Tu lui as dit : « Je t'aime Étienne, emporte-moi ! »

– Je lui ai dit...

– Quoi ??????

– Je lui ai dit... bonjour !

– Oh là là, quel toupet, quel culot, quel héroïsme, quel exemple pour tes filles ! Et il a dit ?

– Il m'a copiée. Il a réagi. Il m'a dit... bonjour.

– Soyons positives. C'est un début !

– Demain tu pourrais lui dire « bonsoir » !

– Bonne idée !

– Maman, tu es correspondante à *Libé*, tu parcours le monde, ancienne élève d'une grande école du journalisme, tu es au milieu des guerres, des révolutions, des conflits, tu sais en plus parler, débattre, discuter. Tu nous impressionnes ! Et tu ne peux pas bafouiller un petit « Veux-tu prendre un pot après le travail ? ».

– Apparemment… On est courageux dans certaines catégories et pas dans d'autres.

– Et puis ta vie défile et tu serais passée à côté d'un grand amour.

– J'ai eu un grand amour…

– C'est fini, il faut en trouver un autre. Plutôt que de chercher à nous caser et à fantasmer sur l'amoureux de Camille, il est temps que tu t'en trouves un si c'est si important pour toi !

– Je suis quand même ravie de vous avoir !

– Mais pas pour beaucoup plus longtemps.

– J'ai quand même un travail passionnant.

– Il te faut du sexe maman ! Du sexe !

– Mais enfin !!

7
Les poupées en papier

– Clara, toi qui te considères comme nulle, tu es hyper douée en dessin. Veux-tu m'aider dans mon projet ?

– Qui consiste à… ?

– Tu te rappelles les poupées en papier que mamie nous a rapportées d'Angleterre. On jouait des heures à découper leurs vêtements et à les habiller.

– Oui, j'adorais ça. Je les ai encore quelque part dans mon fatras.

– Eh bien, je voudrais fabriquer un livre de

poupées en papier et essayer de trouver un éditeur.

– Ça existe déjà. Et tu n'es pas un peu grande pour les poupées ?

– Mes poupées à moi seront des femmes marquantes ou oubliées de l'histoire ! J'ai eu l'idée il y a longtemps en parlant avec maman.

– Ah oui quand elle s'est mise à t'appeler « ma poupée », c'était tellement bizarre !

– Exactement ! C'est là que j'y ai pensé : le premier enjeu pour prolonger le combat de ma chère Olympe et de toutes ces femmes, c'est de leur rendre hommage ! Sais-tu que Charlotte Brontë et Sylvia Plath n'ont même pas eu de notice nécrologique ? Combien d'autres femmes sont ainsi négligées ?

– Il faut alors faire les poupées à leur image, et raconter leur histoire !

– Exactement ! Et on pourrait les détacher et afficher ses préférées, pour s'en inspirer !

– Tu as une liste ? Toutes des féministes ?

– Évidemment !

– Simone Weil et ton Olympe de Gouges.

– Bien sûr. Mais pas que ! Simone de Beauvoir, on a lu ses textes en philo !

– Ou Rosa Parks aux États-Unis.

– Oui, des femmes qui ont essayé de bouger les lignes il y en a plein ! Et des tas de moins connues : Emmeline Pankhurst en Angleterre, Clara Zetkin en Allemagne, Émilie Gourd, Emma Goldman…

– Mais tu parlais aussi d'écrivaines ?

– Oui, je veux inclure toutes celles qui ont combattu les préjugés et osé rêver !

– Alors aussi des scientifiques, Marie Curie ?

– Oui bien sûr, mais pas que ! Deux prix Nobel, des centaines d'écoles nommées d'après elle, elle n'a pas besoin de nous : il faut aussi parler de méconnues. Ada Lovelace par exemple – elle a pratiquement inventé la programmation informatique ! Et on nous dit que le code est une affaire de mecs… Mais aussi Lise Meitner et Mileva Einstein pour la physique, Rosalind Franklin pour la biologie, Marthe Gautier en médecine….

– Je ne connais pas.

– Justement ! On fera une notice expliquant la contribution de chacune. Ce sera un jeu pour ne pas mourir idiot !

– Mais tu n'as pas un petit bac à passer ?

– Je ne peux pas non plus réviser en continu ! Ça me détend d'avoir un projet ! Et puis pour une fois, on passera du temps ensemble !

– Tu parles, c'est surtout moi qui vais trimer, avoir des idées c'est moins long que de les dessiner ! Mais dis-moi, toutes ces femmes qui se sont tant battues pour faire reconnaître leur valeur… Tu crois qu'elles aimeraient être transformées en poupées ?

Camille est déconcertée et surprise. Elle a l'habitude de considérer sa petite sœur comme un mal nécessaire, une cancre et une peste. Si elle avait su dessiner autre chose qu'un bonhomme bâton, jamais elle ne l'aurait embarquée là-dedans. Et voici que non seulement Clara est enthousiaste, mais elle tape dans le mille !

– Eh bien, c'est toute l'ironie ! Ca pourrait donner un titre au projet ! « Pas ta poupée ». Ou alors à la Magritte « Ceci n'est pas une poupée ! ».

Il faut que j'y réfléchisse – mais d'abord, comme promis, ton exercice de maths !

Pour récompenser la première note au-dessus de la moyenne de Clara, et pour honorer sa promesse, Catherine propose à sa cadette de faire leur fameuse journée de plaisir à deux.

Mais alors qu'elles sortent de l'immeuble, un beau garçon y entre et sonne à l'interphone : il va chez elles !

– C'est l'amoureux de Camille ?

– C'est Mehdi, un camarade de classe depuis toujours.

– Ça aurait pu se transformer en amour !

– Elle ne l'aime que pour son cerveau !

Elles démarrent avec les boutiques du Sentier où Clara déniche une robe, un pantalon et une chemise des plus originaux, rien qu'à elle. Elle achète aussi des breloques, colliers et boucles d'oreilles dans un des multiples magasins spécialisés dans le quartier. Elles parlent fringues et fanfreluches pour éviter des sujets plus graves comme l'amoureux de Camille, le manque de motivation scolaire de Clara et le manque d'initiative de Catherine en matière d'accouplement potentiel. Catherine sent qu'elle rate une occasion de mieux connaître sa cadette, mais elle ne sait pas par où commencer.

Quand elles prennent place dans un restaurant marocain, le choix de Clara, et quand le couscous fumant atterrit devant elles, sa fille se penche vers elle et chuchote :

– Maman, ne te retourne pas, mais là-bas il y a un garçon de ma classe tout seul qui attend, sans doute affamé.

– Invite-le à manger avec nous.

Clara se lève et va lui parler.

– Son père va arriver.

– En attendant, il peut se joindre à nous. Je demanderai une autre assiette. Je vais aller insister.

Le jeune homme, Gaspard, cède à la pression des deux femmes, et à sa faim. Les deux camarades parlent des profs, des devoirs, des parents qui posent des lapins.

– Gaspard est le meilleur de la classe. En tout ! Nous sommes bien assortis car je suis la pire de la classe, en tout !

– Tu es une pire volontaire : tu ne fais que dessiner – avec talent !

– Ou paresseuse et sans confiance en moi. Ma sœur est brillante, ma mère est éloquente. Mon père est un génie mathématique. Toutes les places sont prises.

– Si tu t'y mettais, tu serais la plus géniale de tous.

– On fait la course ?

– Sérieusement tu pourrais me rattraper en un rien de temps.

– Tu es le seul au monde à avoir confiance en moi.

– J'ai confiance en toi ! dit Catherine.

– Première nouvelle !

– La première nouvelle, c'est que tu passes tes cours à gribouiller !

– Ce couscous est succulent, dit Gaspard pour détourner la conversation du conflit mère/fille.

– Tu peux téléphoner à ton père ?

– J'ai essayé.

– Ta mère sait peut-être où il est ?

– Ma mère est morte il y a six ans.

– Je ne savais pas Gaspard, je partage ton chagrin.

– On peut partager un couscous mais je crains qu'on ne puisse pas partager le chagrin d'un autre.

– Pas de la même façon mais avec un pincement au cœur et des larmes derrière les yeux, dit Clara en lui caressant le dos de sa main.

– Ta mère est morte de maladie ? demande Catherine.

– Oui, le tueur numéro un des femmes.

– Et c'est ton père qui t'élève ?

– Comme vous le voyez…

– As-tu des grands-parents, des tantes, des oncles, des frères et sœurs ?

– Enfant unique et seul, mais pas trop à plaindre. Un oncle à l'autre bout du monde. Grands-parents maternels tellement cassés par la mort de leur fille qu'ils se sont retirés de la vie.

– Et ton père ?

– Il se réfugie dans le travail. Il a dû oublier notre rendez-vous, tellement il est ailleurs. En anglais on dit «*He's out to lunch*» – ce qui est le cas sans être le cas! Je ne lui en veux pas, il a enterré sa femme mais il n'arrive pas enterrer sa tristesse.

– On n'est pas noyées dans un appartement immense, je partage ma chambre avec ma sœur. Mais nous avons un canapé-lit typiquement inconfortable et tu es le bienvenu quand tu veux. Je crois que tu es aussi seul et solitaire que moi au lycée. Enfin, si tu es d'accord, maman?

– Bien sûr, tu es le bienvenu! Tu peux rentrer avec nous constater toi-même les conditions.

– Pourquoi pas! Et merci d'avoir transformé un couscous solitaire en festin convivial. Interdit de manger un couscous seul et abandonné.

– Et merci de m'avoir sauvé des reproches de ma fille.

– Ils sont bien au chaud pour notre prochain tête-à-tête maman.

8
La soupe est froide

Pour Catherine, Gaspard est un vrai coup de cœur. L'amour ne suit jamais une recette. Il y a du mystère, de la magie, de l'alchimie. On peut aimer la façon dont quelqu'un tourne ses phrases, ou un sourire émanant des yeux, ou un toucher, un regard, son honnêteté, une gentillesse attentive ou parce que chaque phrase qu'il dit nous interpelle. Il y a quelque chose, dans la franchise de Gaspard, dans l'attention qu'il porte à Clara aussi, qui a conquis Catherine. Et puis, elle qui aime tellement être mère : elle aimerait pouvoir combler un peu le vide qu'a laissé la mort de la sienne.

Gaspard, lui, semble ne pas demander mieux ! Depuis quelques jours, il est toujours fourré chez elles, ravi d'avoir de la compagnie !

Catherine voudrait suggérer à Camille d'inviter Gaspard à sa fête d'anniversaire, mais Camille est tellement contrariée par une cause inconnue qu'elle ose à peine poser la question. Les parents des grands ont souvent peur de leurs enfants.

Un silence lourd plane sur la soupe froide de poireaux-pommes de terre alors Catherine fonce.

– Peut-on inviter le camarade de classe de Clara à ton anniversaire ?

Elle fait le récit de leur rencontre et de sa condition tristounette, élevé par un père absent addict au travail.

– Vas-y. Il y a un désistement.

– Qui ? Papa, encore ? Ça ne m'étonnerait pas !

– Clarinette !

– Non, mon ex-meilleure amie.

– Salomé ?

– Je ne veux pas prononcer son nom.

– Qu'est-ce que s'est passé ?

– Elle est passive-agressive avec moi, m'accuse de crimes fantômes, se considère comme une victime, se complaît dans ses jugements et ses préjugés, et surtout elle n'aime pas ma nouvelle relation.

– Pourquoi elle ne l'aime pas ?

– Parce qu'elle est débile et mesquine, pourquoi d'autre ?

– Alors laisse tomber.

– Comment la laisser tomber, alors que nous sommes amies depuis la sixième ? Je suis fidèle.

– Alors laisse passer un moment pour que le conflit s'estompe, et puis va lui parler. En tout cas, il y a de la place pour elle et Gaspard si jamais ça change. Et aussi ton amoureux si jamais tu en as envie.

– Maman, tu es sans relâche !

– Comme une maman !

– Tu auras droit à sa lumineuse présence le jour où tu nous amèneras Étienne. Et au rythme où tu vas, je ne m'inquiète pas !

– Quel chantage !

– Pourquoi pas ?

La sonnerie retentit et marque le cessez-le-feu. Sauvée, Catherine va ouvrir… et revient avec un grand sourire !

– Regardez qui est là !

– Bonsoir mes poupées jolies, dit leur père.

Clara échange un regard intense avec sa sœur, qui dit « Poupées flétries ! ». Les filles sont plus amères que leur mère. Leur père les déçoit à répétition, il semble effectivement là pour jouer à la poupée plutôt que pour être parent ! Ah les hommes !

– Sommes-nous des poupées ou des filles/femmes en chair et en os, tes filles en l'occurrence, même si tu n'as pas toujours l'air de t'en souvenir ? Ça fait un moment. Qu'est-ce qui t'amène ?

– As-tu oublié qu'on a un rendez-vous révision de maths ?

– C'était la semaine dernière ! Avant le bac blanc.

– J'étais en Californie.

– Retournes-y !

– Mieux vaut tard que jamais, tempère Catherine. C'est gentil de venir l'aider.

– Mais j'ai le bac blanc de philo demain, alors je ne peux pas faire des maths. Les maths, c'était la semaine dernière !

– Allons-y pour la philo alors.

– La philo c'est maman.

– Alors deux tuteurs pour le prix d'un !

– Tu as mangé, Lionel ? demande Catherine.

– Pas vraiment …

– Oui ou non et veux-tu de la soupe ?

– Je veux bien, merci.

Catherine lui verse de la soupe. Il dit : « C'est froid ! »

– Normal ! C'est une soupe froide.

Il la boit comme si c'était un smoothie.

– Bon, on y va ma poupée jolie ?

Ça sonne de nouveau. Clara ouvre la porte et trouve Gaspard sur le seuil. Elle pose la même question que sa mère à son père : « Tu as mangé ? Tu veux de la soupe ? »

– Je veux bien si cela ne te dérange pas.

– Pas de problème.

Clara verse la soupe.

– Cette soupe est comme la madeleine de Proust pour moi : ma mère faisait la même !

– C'est douloureux ?

– Doux-amer. Je passais pour qu'on lise ensemble la nouvelle de Maupassant. L'as-tu lue ?

– Penses-tu !

– On y va alors.

– Je ne l'ai même pas achetée.

– Je l'ai. Je te fais la lecture.

– Tu sais lire ?

– OK, on a fait le casting et tu as le rôle.

– Je continue alors.

Gaspard lit. Clara dessine. Ses parents sortent de la chambre de Camille, qui a fini par accepter que son père les aide. Et la porte sonne à nouveau. Les deux parents vont ouvrir d'un même geste. Un bel homme, grand, droit, échevelé, exténué, apparaît.

– Eh bien c'est toi Catherine, qui as pris mon fils en otage ?

– Étienne !

– Papa ! J'ai bien fait de te donner l'adresse.

Il étend sa main vers Lionel en disant « Étienne Pfeffel ».

– Merci d'avoir recueilli mon fils.

– Je n'y suis pour rien, je n'habite pas ici – tout le mérite revient à Catherine !

Catherine qui manque de s'évanouir. Pour s'empêcher de tomber à la renverse, elle demande : « Tu as mangé ? » Camille sort de sa chambre quand elle entend le prénom « Étienne ».

– À vrai dire, je n'ai pas encore mangé, pas eu le temps. J'ai failli te téléphoner pour venir en renfort. Il y a eu un remaniement ministériel surprise. Je vais ramener Gaspard et je repars au journal.

– Gaspard peut dormir ici ce soir, moi je vais venir avec toi, on ne sera pas trop de deux !

Catherine verse le reste de la soupe dans le bol d'Étienne.

– Cette vichyssoise est délicieuse. Ma femme faisait la même.

– Du pain, du fromage ?

– Gaspard, veux-tu rester ici cette nuit ?

– Je n'ai rien pour dormir et pas de brosse à

dents. Il vaut mieux que vous me déposiez à la maison au passage.

– Si tu veux, je viendrai te tenir compagnie et nous irons au lycée ensemble demain, propose Clara.

– Si tu veux, si tu peux ...

– Et je resterai toute seule la veille du bac blanc ? gémit Camille.

– Je peux rester, dit Lionel.

– Non, je resterai pour soutenir ma sœur, dit Clara. Et Gaspard, j'ai une brosse à dents neuve et un grand T-shirt pour toi.

– C'est gentil ! Mais pas ce soir, je vais rester un peu et puis je vous laisserai seules toutes les deux. C'est la veille du bac blanc quand même ! Une prochaine fois on se fera une vraie pyjama party !

– Bonne nuit tout le monde, disent Catherine et Étienne en sortant rapidement. Catherine ajoute : « Je reviendrai dès que je peux. »

– C'est donc LE Étienne ! dit Camille.

– Quel Étienne ? demande Lionel.

– Le père de Gaspard !

– Et quoi encore ?

9
Petite sœur géniale ?

Catherine a déjà eu des sorties plus romantiques dans sa vie qu'un remaniement ministériel, mais elle suivrait Étienne jusqu'au bout du monde. Et puis ce soir, ils sont passés du simple « tu » des collègues à un « tu » plus intime (le pluriel de « tu » est « nous ») – c'est déjà stratosphérique !

– Gaspard m'a raconté le sauvetage de l'autre jour. Merci. J'avais complètement oublié le déjeuner. Comme tu le sais, on est particulièrement chargés en ce moment au journal. Mais comment expliquer ça à un ado qui a perdu sa mère ?

– Peut-être faut-il interroger tes priorités.

– Oui, je sais, mais tu vois la folie dans laquelle on vit. Comment m'arracher aux urgences ?

– Peux-tu me renseigner sur le remaniement ? Je n'ai pas suivi.

Catherine ne veut pas entrer dans les eaux troubles. Parce que Étienne a beau être charmant, elle est triste pour Gaspard, et sa désapprobation ne doit pas remonter à la surface. Elle a (presque) toujours fait passer ses filles d'abord, elle – et pourtant elle arrive bien à boucler ses reportages.

La liste des nouveaux ministres est enfin arrivée, ils essaient d'atteindre les concernés pour avoir des commentaires. Les évincés aussi. Ils rédigent ensemble l'article.

Quelques heures plus tard, c'est lui qui l'invite à boire un coup chez lui, un refuge après l'intensité et l'urgence. Tout en mourant d'envie de le suivre, Catherine proteste en disant qu'ils vont réveiller Gaspard.

– C'est grand chez nous. On ne va pas le déranger.

Gaspard dort à poings fermés. Il a traîné chez les filles après le départ des parents, histoire de stocker leur chaleur humaine avant d'affronter une longue nuit de solitude.

– Tu as réfléchi à notre projet ? demande Camille qui a perdu sa meilleure amie mais a gagné en quelque sorte une petite sœur qui se révèle meilleure qu'elle ne l'aurait cru.

– Oui, j'y ai même travaillé. Je vais te montrer les premières poupées.

Clara étale les poupées en papier.

– C'est quoi ? demande Gaspard.

Camille explique le projet.

– C'est passionnant ! Et puis tu es vraiment douée ! s'exclame Gaspard.

– C'est loin d'être fini. Camille va écrire les textes après son bac. Et qui sont les femmes dans l'histoire que tu apprécies ?

– Ruth Bader Ginsburg, Jacinda Ardern, Greta Thunberg.

– Gloria Steinem?

– On ne peut pas trouver quelques Françaises ? demande Clara.

– Cocorico !

– Gisèle Halimi, Françoise Giroud ?

– Édith Piaf, Sarah Bernhardt, Alice Guy ?

– Écoute Clara, choisis celles que tu veux dessiner, tranche Camille.

– Mais quel est votre objectif exactement ? demande Gaspard.

– On veut juste familiariser les jeunes avec ces grands personnages et leurs contributions. En jouant.

– Mais n'est-ce pas les trahir en les transformant en poupées ?

– C'est exactement la question posée par Clara !

– Mais je crois que nos héroïnes seraient ravies d'exister dans l'esprit des jeunes, de pouvoir leur servir de modèle ! Et puis avec les récits de leur vie, pas de risque de les prendre pour de simples poupées !

– Tu es si douée Clara ! Tu aimerais entrer dans une école d'art ? demande Gaspard.

– Quitte à aller à l'école, autant que ce soit une école d'art. Je rêve d'être une grande peintre, comme Frida Kahlo : regardez, c'est ma poupée préférée, toute colorée !

– Je ne la connaissais pas ! Tu vois ma Clara, ce n'est pas mal d'avoir de la culture pour mieux dessiner, dit sa sœur. Alors d'ici à l'école d'art, peut-être que tu peux écouter à l'école ?

– Tu me demandes l'impossible !

– Quel impossible ?

– Être bonne élève.

– Avec très peu d'effort et ton intelligence, tu serais première, dit Gaspard.

– Pour quoi faire ?

– Pourquoi pas ?

– Et comment ? Je n'arrive pas à m'intéresser aux cours !

– Si tu ne commençais par finir l'histoire de Maupassant, en l'illustrant ?

– OK ! Ça me plaît comme idée !

– Mais nous avons un problème plus grave, dit Camille.

– Quoi ?

– Où est maman ?

– J'écris un SMS : « Où es-tu, maman ? »

– Et moi aussi : « Où es-tu, papa ? »

Une heure studieuse passe, Camille révise la philo, Clara lit Maupassant, Gaspard rentre chez lui. Pas de nouvelles des parents délinquants. Ils regardent le journal à la télé et comprennent qu'ils ne sont pas près de rentrer.

– Camille, on pourrait s'inquiéter en dormant. Il faut que tu sois en forme demain.

– Tu as de bonnes idées ma petite sœur géniale. J'y vais.

– Ils sont adultes, on peut leur faire confiance.

– Parce que toi, tu fais confiance aux adultes ? demande Clara.

10
Un secret de taille

Le soleil se lève tôt au mois de mai.

Camille se sent bizarre. Déjà deux jours sans Salomé, et puis sa mère portée disparue. Sans parler de cette préparation du bac sans fin. Et ce désir de sa mère de rencontrer son grand secret – alors qu'elle-même manque de temps pour en profiter !

Catherine, rentrée clandestinement avec croissants, brioches et baguette, boit déjà son café tout habillée. L'une après l'autre, Camille et Clara débarquent en pyjama.

– Maman ! Tu as passé la nuit dans le four ?

– Oui.

– Tu étais où ?

Catherine ne répond pas, prétextant une bouche pleine.

– On a beaucoup à faire dans les semaines à venir.

– Comme quoi ?

– Comme passer un bac blanc ! Et passer le vrai bac ! Et entre les deux : préparer une fête d'anniversaire !

– À propos maman, j'ai réfléchi – je préfère qu'on attende juillet, après les résultats du bac. J'aurai vraiment mérité qu'on me fête !

– Et le jour J alors ? C'est dans deux semaines, on ne peut pas ne rien faire !

– Eh bien on fera un bon dîner toutes les trois – et puis on te fêtera toi, notre super-maman – après tout, c'est toi qui as bossé il y a dix-huit ans ! Et cette année, mon anniversaire est le même jour que la fête des Mères, c'est super !

– Bon, pourquoi pas. Mais d'abord, bac blanc !

Tu as vu l'heure ? Hop hop hop au lycée. J'aurais aimé t'accompagner, mais je vais tout de suite au bureau. C'est tumultueux et turbulent. Je croise les doigts pour toi. Avec la panique dans l'actualité, je me suis déjà portée volontaire pour travailler ce soir – je pourrai le faire depuis la maison, mais je ne serai pas très dispo. J'espère que tu comprends, on est tous sous pression. D'ailleurs Clara, tu pourrais inviter Gaspard à dormir ? Il sera tout seul sinon : Étienne préfère travailler au journal, lui.

– Ça marche ! lance Clara avec enthousiasme.

– Soit, je sais qu'il faut que j'accepte ton travail, ton addiction, ta passion. Encore heureux que tu en aies une, mais une crise en suit une autre –, répond Camille, plus mélodramatique en ce matin de bac blanc.

– Comme un jour en suit un autre et ainsi va la vie. On fait avec ce que l'on a.

– Maman, toi qui n'aimes pas les secrets, en as-tu un ? Tu es bizarre aujourd'hui.

– On verra.

– C'est une réponse ?

– La réponse ma Camille est « Merde » pour ton bac blanc.

– Et le secret ?

– Et le tien ?

Le secret de Catherine est de taille. Elle est montée dans le bel et vaste appartement d'Étienne comme si elle rêvait. L'immeuble était à sa famille et il en est l'actuel propriétaire. Si le bâtiment est grand, l'ascenseur est tellement étroit qu'ils étaient obligés de se frôler. Il a ouvert une bouteille de bon rouge et versé des chips au chou kale et épinards dans un bol ; jusqu'à la fin de la bouteille, leurs bouches étaient occupées à croquer les chips verdâtres. Quand le vin entre, les secrets sortent. Ils chuchotaient pour ne pas réveiller Gaspard. Étienne lui a raconté la mort lente de sa femme quand Gaspard avait 9 ans. De son côté, Catherine a fait le récit du divorce et le combat pour élever ses filles presque toute seule. Et petit à petit ils se sont rapprochés sur le canapé high-tech. Ils se serraient comme si de rien n'était, inconsciemment, sans vouloir reconnaître l'attirance naturelle et inévitable. D'un coup ils se faisaient du bouche à bouche et leurs deux corps affamés étaient inséparables et indifférenciés. Après les blessures et la mort, ils avaient besoin d'une résurgence de vie. Ils se sont endormis ainsi et coupés de nouveau en deux avec les premiers rayons de lumière. Étienne a ouvert les yeux, cassé et entier, souriant comme après une renaissance.

– Les idylles au bureau ne sont jamais une bonne idée.

– Ce n'est pas le bureau.

– Tu sais ce que je veux dire.

– Alors que faire ? Oublier cette nuit ?

– On verra.

Elle ne l'avait pas prévu, à part dans ses fantasmes. Elle ne l'avait pas non plus provoqué. C'était un accident fatidique, incontournable, un crash ! Un participant aussi responsable, ou irresponsable, que l'autre. Alors pourquoi se sent-elle si coupable ? Et si heureuse ? Ils étaient tous les deux seuls avec leurs corps et leurs bouillonnements depuis longtemps et l'explosion s'est produite sans recours.

Pour l'instant il n'y a qu'une chose à faire : rentrer dare-dare avant le réveil des enfants.

Catherine sait que les enfants ne veulent pas savoir les détails de la vie sexuelle de leurs parents.

Mais elle est décidée à inviter Étienne à la fête d'anniversaire de Camille. Et en échange…

11
On vit et on change

Les journées se suivent et ne se ressemblent pas, même si la routine est installée depuis toujours : le lycée, le bureau, la maison, les courses, les galères, les joies, les espérances, les déceptions, la fatigue, les éclats d'énergie, les surprises. Mais la routine est teintée par l'expectative dans plusieurs dossiers de la vie, comme un no man's land entre deux frontières. L'attente, que ce soit chez le dentiste, sous l'abribus, dans la queue du supermarché, à l'entrée du cinéma, c'est toujours un lieu inhabité.

Camille a convaincu sa mère d'attendre les résultats du bac avant de faire la fête.

– Et si tu n'as pas le bac ?

– Je suis patraque
J'ai le trac
Quel micmac!
Tic tac tic tac
Je craque
Mais c'est dans le sac
J'aurai le bac
Clac !
Et puis la fac ?

– Je sais que tu es forte, il n'y a pas d'inquiétude.

– Sauf si je suis tordue de douleur avec mes règles.

– Tu en as vu d'autres, tu sauras gérer.

– Oui.

– Et toi ma Clacla ? Les bonnes notes s'enchaînent, tu as gagné ton passage en première !

– On fait une bonne équipe avec Camille et Gaspard, finalement ce n'est pas si mal de travailler quand on est plusieurs !

Après quelques réticences, Gaspard s'est quasiment établi en résidence, non pas secondaire, mais principale. Son père est si peu chez eux, au moins, comme ça, il a de la compagnie, et quelle compagnie ! Catherine a installé un vrai lit dans un coin du salon et a investi dans des rideaux. Contrairement à Étienne, elle préfère boucler ses articles à la maison – au moins, elle voit un peu les enfants ! Et jusqu'à tard le soir, tout en travaillant, elle les écoute parler et rire, et elle sourit devant son ordi. Parfois, Catherine prétexte qu'elle aussi doit être sur place, et ils se rejoignent chez lui après le dîner des enfants. Car les principes d'Étienne n'ont pas tenu longtemps…

Il essaie de lui donner de l'argent pour la pension de son fils mais elle refuse.

– Ça fait du bien à Clara et Camille d'avoir ce nouveau pensionnaire, alors je te le fais gratuit ! Il est tellement mûr et empli de sagesse. Il s'est intégré dans notre famille en nous donnant une nouvelle dynamique. En attendant, le bac est dans une semaine. Je vais me cloîtrer chez moi pour entourer Camille.

– Il est content aussi. Beaucoup moins morose quand on passe le week-end ensemble. Peut-être devrait-il revenir à la maison pour cette semaine avant le bac.

– Pas la peine de le bousculer. Il va très bien et nous aussi, à part que je ne vais pas pouvoir respirer avant la fin.

– Ça ne va pas l'aider !

– Mais je ne peux pas faire autrement.

– Jusque-là, ça a marché alors ne change rien.

– Je pense que les filles détectent un changement en moi.

– Et c'est quoi ce changement ?

– L'épanouissement, la plénitude, la béatitude, je n'arrête pas de sourire.

– Moi aussi.

– Ça se manifeste comment ?

– Je suis moins stressé, les tensions glissent de mon dos et s'évaporent, contrairement à toi, je respire. Gaspard va bien. Je prends tout avec détachement. Je suis détendu. Merci !

– Et l'idylle de bureau ?

– Vive les idylles de bureau ! On vit et on change. Si on ne change pas on ne vit pas.

Catherine passe ses journées en apnée. Au travail, on lui a offert un beau reportage à faire en Afrique du Sud. Elle adore ces missions lointaines, mais elle ne peut pas partir si près du bac. Ça ne fait rien, il y en aura d'autres, pense-t-elle. Étienne la console, ce sera pour une autre fois. Mais à vrai dire, elle aurait bien aimé qu'il insiste, qu'il lui propose de l'aider, de passer quelques jours chez elle avec les enfants – après tout c'est grâce à elle qu'il est aussi libre de ses mouvements, lui !

Dans toute cette fébrilité, le jour des 18 ans de Camille et surtout, donc, de la fête des Mères, est un peu hors du temps.

Gaspard va passer la journée avec son père – ils vont se recueillir au cimetière.

Du côté des filles, l'ambiance est plus joyeuse. C'est apéro champagne, d'abord. Tant pis pour les révisions, un petit verre aide à se remémorer le passé, jusqu'à la naissance de Camille, jour de naissance de Catherine-maman aussi !

– Tu te souviens, Camille, quand tu t'indignais des douleurs de l'accouchement ? La vérité c'est qu'on les oublie, la nature est bien faite ! Par contre ce qu'on n'oublie jamais, c'est le bonheur de découvrir son bébé, ce bonheur qui saisit à la gorge, un bonheur suffocant presque. Et l'amour, surtout l'amour.

– Toujours ta devise « Surtout l'amour ».

– C'est ce que je t'ai souhaité d'ailleurs ce jour-là. De connaître l'amour – pas juste celui pour son enfant, mais celui qui fait avoir des enfants ! C'est pour ça que je t'embête avec ton amoureux – j'ai envie de savoir si mon vœu a marché !

– De toute façon, l'amour ça ne dure pas souvent – regarde toi et papa ! Et puis ça rend un peu faible, tu lui as toujours tout passé, même de t'avoir trompée !

– Tu es un peu dure ma Clarinette !

– En même temps c'est vrai, la soutient Camille. Et tu es pareille avec Étienne ! Tu n'oses pas lui dire qu'il te plaît, mais tu acceptes de servir de nounou à son fils. Attention, j'adore avoir Gaspard à la maison ! Mais Étienne pourrait se rendre compte que vous travaillez au même endroit : si tu arrives à être journaliste et maman, il devrait y arriver aussi ! Et pas se reposer sur toi !

Catherine s'assombrit – Camille ignore qu'Étienne aussi tombe amoureux. Mais sur le reste, elle n'a peut-être pas tort...

– Déride-toi mamounette ! Si on te dit ça, c'est parce qu'on a toujours admiré notre super-maman super indépendante super courageuse super intelligente super tout tout tout ! Alors on aimerait qu'elle ait ce qu'elle mérite !

Décidément, la sagesse de ses filles : c'est vrai que Catherine peut être fière, elle les a bien élevées !

L'apéro se prolonge en bavardage, Camille demande à sa mère de se décrire à 18 ans.

– J'avais la chance de savoir ce que je voulais faire. Je visais l'école supérieure de journalisme de Lille.

– C'était un concours c'est ça ?

– Oui, il fallait le bac + 3, alors j'ai fait une licence d'histoire, à la Sorbonne, en attendant.

Et puis j'ai passé le concours, et j'ai eu la chance d'être prise !

– La chance ou le talent ?

– Il y avait beaucoup de concurrents doués. Peut-être que les questions me convenaient mieux.

– Tu étais contente de l'école ?

– Très, j'étais exactement où je voulais être. À la fin de la première année, j'ai fait un stage à *Psychologies Magazine*. C'était merveilleux.

– Et l'amour ?

– J'avais déjà rencontré ton père. On se voyait les week-ends. À la fin de l'école, je suis entrée à *Libé* et après quelques mois, tu étais en route. Mais je vous en ai déjà parlé. Vous savez tout ça !

– Oui et non. Il y a toujours un petit détail en plus. On ne se lasse pas de réécouter nos origines ! répond Clara.

– D'ailleurs j'étais en route ?! C'est super rapide, je ne m'en étais pas rendu compte ! C'était un accident ?

– Pas du tout ma Camille. On m'a bien dit

qu'on ne pouvait pas tout avoir, mais je voulais tout avoir. Et maintenant je sais qu'ils avaient tort !

– C'est bon à savoir !

– On s'était mariés, une concession aux parents qui nous ont aidés à acheter cet appartement. J'étais déjà enceinte jusqu'au cou, une jolie mariée ! Ton père enseignait en maths sup. Je me sentais heureuse, riche, épanouie et… fatiguée, il faut bien le dire, entre les reportages et puis un bébé, bientôt deux ! Mais c'était mon rêve. Et toi Camille tu sais quel est le tien ?

– Tu sais que je vais concourir pour Sciences Po.

– Oui, mais tu penses aussi au mariage un jour, ou aux enfants ? Vous en parlez avec ton amoureux ?

– Je pense surtout qu'on n'en est pas là ! À 18 ans, il y a des chances qu'il reste beaucoup de grenouilles à embrasser avant de se poser ces questions, alors on verra ! Moi ce qui m'importe c'est le présent.

Place au dîner maintenant – ce sera dîner

plateau-télé toutes les trois devant un reportage. C'est Camille qui a eu l'idée : un hommage à leur enfance, et à leur maman-journaliste, leur maman-peut-tout !

Le reportage du jour est sur la PMA pour toutes : la loi ouvrant la procréation médicalement assistée à toutes les femmes a été adoptée il y a deux ans, où en est on ?

– On en est à de merveilleuses familles, comme celle de Louise et Nejma ! répond Camille. C'est fou de se dire que si ces arriérés de la Manif pour tous avaient empêché la loi, Antoine ne serait pas là : comment osent-ils essayer d'empêcher des familles de se créer ?

– Ah ça, la politique est partout, même en amour – surtout en amour ! Et puis bien sûr, il y avait tous les propos débiles, honteux, homophobes. Mais ils affichaient aussi des questions plus rationnelles, sur le trou de la Sécurité sociale, les enjeux de filiation...

– Mais maman, qu'est-ce que tu racontes ? C'est exactement le mix d'arguments praticopratiques et éthiques qu'ils utilisent pour cacher leur homophobie ! Tu sais bien que les hétéros ont déjà recours à des dons, et ça ne gêne personne !

– Bien sûr ! Mais c'est comme ça qu'ils ont présenté leur opposition ! Heureusement, sans succès.

– Quand j'y pense ça me rend dingue. Tu vois, tu m'as souhaité un amour assez fort pour faire des bébés… Comment empêcher deux femmes qui s'aiment, qui ont cette force d'amour, de l'offrir à un bébé ?

– Tu as tout à fait raison ma Camille, c'est ce qui compte pour un bébé : naître dans un océan d'amour.

Mais dans les témoignages qui défilent au micro du reporter, Camille et Catherine sont étonnées de voir qu'il n'y a pas que des familles comme celle de Louise et Nejma. Finalement, la majorité des demandes de PMA viennent de femmes célibataires – elles défilent à l'écran, souriantes, entourées de leurs enfants.

Il y a des femmes autour de 40 ans, qui

saisissent leur chance d'être mères seules, après avoir longtemps attendu l'amour.

Des femmes jeunes aussi, pour qui la maternité solo n'a rien d'un plan B : leur bébé, elles choisissent de l'accueillir seules ! Il vaut mieux être maman solo que mal accompagnée !

Catherine est un peu plus perplexe.

– Tout de même, c'est un peu triste toute seule...

– Pourquoi ? Il n'y a pas besoin d'être amoureuse pour avoir un océan d'amour à donner !

– Oui, et on n'était pas tristes, nous, avec notre super-maman juste pour nous ! C'était même bien plus sympa que quand tu te disputais avec papa...

– Bien dit, Clara !

Dans son lit, plus tard, Catherine se tourne et se retourne. Malgré toute son ouverture d'esprit, elle n'a pas envie d'imaginer sa fille faire un bébé toute seule. L'amour lui a tellement manqué à elle toutes ces années depuis que Lionel est parti... mais bon, Camille en est loin, puisqu'elle a un amoureux !

D'ailleurs, ça fait longtemps qu'elle ne lui a pas rappelé leur marché, elle le fera au petit déjeuner !

– Dis-moi, Camille, on est d'accord, si je réussis à importer Étienne et tous ses horribles défauts à la fête, peut-on compter sur ton invité spécial ?

– D'abord le bac maman, et on verra !

– Qu'est-ce que l'un a à voir avec l'autre ?

– Je veux d'abord en finir avec le stress.

– Je te laisse alors.

– Oui, maman, tu me laisses.

– Veux-tu être seule avec moi ? Clara et Gaspard peuvent aller chez lui.

– Leur présence est plutôt positive. J'aime être entourée par eux. Clara a tellement changé, Gaspard est apaisant. Et je ne suis pas vraiment inquiète, mais on ne sait jamais. Je peux tomber sur une question tordue.

– Tu vas tomber dans des pétales de rose.

– Que la déesse t'entende.

12

Tout peut arriver

Catherine pense que tout peut arriver : on pourrait glisser sur une peau de banane et se tordre la cheville. Une voiture avec un conducteur en délit de fuite pourrait nous écraser. Un objet pourrait tomber sur notre tête en passant devant un site de construction, on pourrait s'étouffer avec une miette de baguette, on pourrait trébucher sur un dénivellement sur le trottoir. Les accidents arrivent et aucune assurance ne peut rembourser le bac.

Elle accompagne Camille au lycée pour les épreuves du bac la boule au ventre. Mais elle n'oublie pas d'espionner sa fille qui est vite rejointe par le grand garçon nommé Mehdi. Elle est sûre que c'est lui !

La semaine du bac de Camille est la semaine où Catherine a vieilli. Elle ne va plus chez Étienne le soir, pour rester avec sa fille. Elle le voit quand même au bureau, mais impossible de l'embrasser, leur histoire est secrète ! Ils interagissent avec une formalité guindée et distante, pour dissimuler l'intimité nouvelle, dans une comédie qui les fait parfois sourire, mais qui est surtout horriblement frustrante. Alors ils créent des attouchements par inadvertance, des chocs qui irradient leur substance, des papouilles invisibles. Pour l'instant il va falloir que cela suffise. Ils sont plus ados que leurs ados !

À la maison l'ambiance est à la fois électrique et en panne. La parole est gelée de crainte de faire une gaffe. La seule action est de préparer les repas et les manger.

Chacun dit dans sa barbe : « Ça passera. Tout finit par passer. »

Enfin, le bac se termine, on respire.

Les pétales de rose étaient mélangés à quelques épines, mais globalement Camille est contente. Elle vise la mention très bien. Toute la maisonnée est suspendue à l'annonce des résultats.

Catherine ne peut s'empêcher de douter. Elle sait que sa fille est brillante mais est-ce que la nation et l'Éducation nationale vont reconnaître ce génie ? Camille répète : « Il n'est pas question que j'aie moins que la mention très bien. »

Et la prophétie se révèle... vraie ! Et en plus, après son oral dans cette institution prestigieuse, Camille apprend qu'elle est prise à Sciences Po ! Cette fois on peut organiser une fête, une vraie ! Sauf crise et urgence, Étienne a accepté l'invitation.

Camille a fait la paix avec Salomé : elle a compris que son amie avait surtout peur d'être remplacée depuis que Camille est en couple. Mais elle ne l'invite pas à son anniversaire, elle a besoin de temps pour lui faire à nouveau confiance. Avoir à justifier sa relation à sa meilleure amie, à celle sur qui elle comptait pour la soutenir, l'a beaucoup heurtée.

Tout en étant plongées dans une frénésie de gâteaux – il faut s'assurer de tous les goûter pour choisir le bon ! – les deux sœurs travaillent sur leur projet de poupées en papier. Camille rédige une courte biographie historique et philosophique pour chaque héroïne. Clara conçoit la maquette. Gaspard ajoute son grain de sel.

Le projet s'approfondit, leurs réflexions aussi. Elles veulent rendre hommage aux grandes héroïnes oubliées, bien sûr. Mais elles pensent aussi aux autres – les héroïnes de la rue et des réseaux, qui manifestent, crient, collent pour leurs droits – les suffragettes, les Ni Putes Ni Soumises, les MeToo, les Nous Toutes. Il y a les archétypes de toutes les femmes courageuses – celles qui courent au travail tachées de lait maternel, celles qui choisissent de rester à la maison et que le monde oublie, celles qui ne veulent pas d'enfant aussi, celles qu'on avait prises pour des hommes, ceux ou celles qui ont opté pour un changement de sexe, celles qui portent plainte contre leurs agresseurs ou qui luttent pour se réparer, celles qui coupent leurs cheveux devant un régime totalitaire qui l'interdit, celles qui portent une minijupe, un costume, un voile, en tout cas ce qu'elles veulent ! Celles qui osent se tenir la main et s'embrasser dans la rue aussi – le slogan de leur mère, « Surtout l'amour », sourient en chœur les deux sœurs.

– Et n'oublions pas les vieilles qui deviennent invisibles. Oui, il nous faut une poupée d'une vieille héroïne comme Maria Montessori qui voyageait à travers le monde à un âge avancé pour installer ses écoles. À toutes les vieilles qui restent actives et engagées.

– Et les handicapées !

– Et les réfugiées !

– Et celles issues de l'immigration.

En un mot, la liste n'en finit pas ! Camille est heureuse comme jamais : elle aussi se sent s'inscrire dans cette longue liste de femmes, prêtes à défendre becs et ongles leur droit de choisir leur vie – et de la vivre !

D'ailleurs, maintenant que le bac est passé, elle n'oublie pas d'aller aussi s'amuser et roucouler : elle a enfin du temps pour son amour !

Catherine, elle, retourne à ses « séances de travail » à l'annexe du bureau et revient chaque matin avec des viennoiseries chaudes qui refroidissent en attendant les dormeurs. Elle se sent de mieux en mieux avec Étienne – ils partagent leurs histoires, leurs rêves, leurs craintes, et refont le monde… en dessinant sur leur peau. La complicité s'intensifie chaque jour, aidée par le partage de… leurs corps ! Elle met des mots sur ce que la maternité lui a coûté, au travail, dans la vie – elle ne regrette rien, mais est-ce qu'on ne pourrait pas faire mieux ? Elle sent qu'en l'écoutant, Étienne ouvre un peu les yeux.

Sans l'inquiétude du bac, elle se passionne à nouveau complètement pour ses reportages – les vrais, pas ceux du soir. Elle choisit des sujets féministes : c'est une façon de travailler pour ses filles aussi ! Et entre deux interviews, deux manifestations, elle court acheter de la vaisselle de toutes les couleurs, assortie à son état d'esprit, trouve des cadeaux à Camille pour l'anniversaire et le bac, pour Clara pour sa bonne fin d'année, pour Gaspard pour son soutien amical. Elle aussi, ça fait longtemps qu'elle n'a pas été aussi heureuse. Elle a même laissé tomber les suppositions sur l'amoureux de Camille – elle fait confiance à sa fille pour avoir choisi quelqu'un de bien !

Maintenant, elle préfère se concentrer sur ses rêves ambitieux pour ses filles, des rêves démesurés et fantasmagoriques – mais le sont-ils vraiment ? Après tout, comme le disait Camille il y a quelques mois, la France a bien besoin d'une première présidente ! Et Clara est de la graine de grande artiste !

13
Comme à Noël

Enfin, la fête arrive ! 18 ans depuis déjà un bon mois, le bac en poche, future sciences-politicienne, autrice, amoureuse… Ce jour-là, Camille se rend compte que la vie passe vite, mais qu'elle peut en être fière ! Simplement elle a un peu le trac aussi – c'est la première fois qu'elle va exposer son grand projet, son secret, en un mot ses choix à ses proches… Et s'ils n'approuvaient pas ? En même temps, elle sait que c'est à elle de vivre SA vie !

La bonne humeur est à son comble le jour de l'anniversaire. La table est une fête, la cuisine un festin, c'est la bamboula avant l'heure. Clara a mis la musique très fort et ils dansent la samba en cuisinant.

Gaspard porte un nœud papillon. Clara a déniché une robe dans l'armoire de sa mère qui est un peu grande mais tant pis. Catherine est habillée d'une robe longue avec un décolleté plongeant. Camille ne s'est pas défaite de sa deuxième peau en jeans, mais elle y ajoute une chemise imprimée avec des cœurs et se maquille comme un vampire.

Lionel est le premier à arriver avec Marina, la pauvre. Elle doit savoir qu'elle n'est pas adorée par les filles et leur mère. À vrai dire, elle n'est pas méchante, au contraire, simple et serviable qui fait tant d'efforts que ça finit par être clownesque. Et elle a toujours été très aimable avec les filles de Lionel. Clara et Camille font comme si elle leur avait volé leur père : mais la vérité, c'est qu'on ne peut pas dérober des papas et des mamans s'ils ne sont pas consentants.

En fait, Marina paie surtout le manque de fiabilité de Lionel – pour les filles, c'est plus simple de la blâmer, elle ! Parce que même absent, elles l'aiment, leur papa grand enfant et tête en l'air. Et puis bon, on ne peut pas aimer tout le monde !

Catherine se demande ce que Gaspard va penser d'elle le jour où il apprendra sa liaison avec Étienne. Peut-être qu'il planera toujours un relent de trahison et d'infidélité à sa mère morte... Peut-être aussi qu'il sera heureux, ils s'entendent si bien – en amour, parfois, on ne peut qu'espérer !

La grand-mère de Camille et de Clara arrive avec des cadeaux comme à Noël en plus de son éternel cake aux fruits confits que personne n'aime. Embrassades et baisers, même à Gaspard qu'elle n'a jamais rencontré. Mamie Marie ressemble à une page de haute couture d'un magazine de mode. Bijoutée, coiffée, manucurée, parfumée à outrance, elle essaie de compenser son âge avec une présentation pimpante. C'est bien réussi.

Lionel ouvre la bouteille de champagne qu'il a apportée et remplit les flûtes. Ils boivent et grignotent et se félicitent mutuellement en attendant les éventuels autres convives.

Quand ça sonne, Gaspard, comme chez lui, va ouvrir à son père en costume-cravate, une bouteille dans une main, un bouquet de roses dans l'autre. Clara pense qu'Étienne est un bel homme. Gaspard lui ressemble. Personne ne trouve bizarre que le papa de Gaspard soit invité. Aucune suspicion.

Maintenant qu'ils sont au complet, Clara et Camille présentent leur projet « Des femmes, des vraies – pas des poupées ». Elles déploient les poupées historiques, les poupées manifs, les poupées anonymes… C'est comme toute l'histoire cachée de l'autre moitié de l'humanité qui se déroule sous leurs yeux, pleine de manifestes, de découvertes scientifiques, d'œuvres artistiques, écrite par des penseuses, des combattantes, des militantes, reprise par des travailleuses, des mamans, des amoureuses, des tout à la fois. Ce foisonnement, la richesse du projet, la beauté des poupées, le soin apporté aux finitions déclenchent des exclamations et des éloges de tout le monde. Avant même de lire, Étienne est conquis.

– Justement, je voulais vous en parler mais Catherine m'a suggéré d'attendre ton anniversaire, ça sera mon cadeau ! On m'a confié une rubrique histoire au journal, je trouverais génial de démarrer avec des oubliées de l'histoire, et un projet jeunesse de cette qualité.

– Oh merci Étienne ! Effectivement l'espoir d'être publiées, c'est un vrai cadeau !

– Je vous avertirai quand on se réunira, vous pourriez venir montrer la maquette.

– Merci merci ! Quel honneur, je n'en reviens pas ! C'est inespéré ! Maman a toujours dit « *Dreams come true !* » Wow !

– Je vais chercher le dîner, mettez-vous à table ! ordonne une Catherine souriante, épatée de voir la vie remplir toutes ses espérances.

Étienne l'accompagne dans la cuisine. Pendant qu'ils sortent les plats et disposent les bougies sur le gâteau, il lui chuchote :

– J'ai une surprise pour toi aussi ce soir ! Le reportage en Afrique du Sud n'a toujours pas été fait, et je me suis arrangé pour prendre quelques jours avec les enfants. Comme ça, tu peux partir sans crainte !

– Tu ferais ça ?!

– Bien sûr ! Tu as raison : on doit tous pouvoir mieux concilier vie pro et vie perso ! Et je crois que je n'ai pas toujours fait ma part ces derniers temps…

Catherine saute à son cou – tant pis si les enfants les voient ! De toute façon, ce nouvel Étienne, celui qui pense égalité et priorités, elle est certaine de l'aimer ! Alors si on leur disait, plus tard ce soir ? Oui ? Oui ! Mais pour l'instant, la star, c'est Camille ! Alors à table !

À peine le hors-d'œuvre entamé, on frappe à la porte. Camille sursaute. Elle chuchote à sa mère : « Parole tenue ! Tu as invité Étienne, j'ai invité mon amour. »

Catherine est ravie, enfin ! Elle va le rencontrer ! Elle va le voir ! L'amoureux tant rêvé ! Peut-être le futur père de ses petits-enfants ! Quel bonheur !

Camille va ouvrir. Un bruit de baisers, des chuchotements, et elle reparaît, tirant son amour par la main.

– Maman, Papa, tout le monde : je vous présente Élisabeth !

– Bonjour tout le monde !

– …

– Alors maman, tu la trouves comment mon amoureuse ?

Catherine reprend ses esprits, et son visage s'illumine.

– Eh bien ma chérie, pour l'instant je la trouve tout simplement mer-veil-leuse ! Et j'ai hâte de mieux la connaître ! Clara, va chercher une chaise, et installe-la à côté de moi. Tu permets, Élisabeth – je rêvais tant de te connaître ! Gaspard une assiette ! Chéri, une coupe de champagne ?

– Chéri ?

– Chéri ?!!

– Chéri !!!!

– Oups ! Euh, et bien… En fait Étienne et moi…

– Aaaaaah, bravo papa, c'est la meilleure nouvelle possible ! Maman serait fière de toi ! Et moi, je suis ravi ! se réjouit Gaspard.

Les filles renchérissent :

– Oui, nous aussi, quelle joie ! Depuis le temps qu'on attendait ça !

– La famille ne cesse de s'agrandir – bienvenue dans nos vies, Étienne ! Et... Tu sais quoi ? On te le dit un peu tard peut-être mais bienvenue à toi, Marina !

– Oh, merci les filles, vous ne pouvez pas savoir comme ça me fait plaisir ! Mieux vaut tard que jamais ! s'exclame Marina, soulagée de ce poids immense.

– Oui, merci les filles, et promis je n'accaparerai pas trop votre maman ! rigole Étienne.

– Tant que tu nous laisses Gaspard en otage, prends-la tant que tu veux !

Lionel interrompt les effusions en levant son verre :

– Bon, c'est bien beau tout ça, mais en tant que père de l'anniverseuse, maintenant que nous sommes vraiment au complet, j'aimerais proposer un toast. À Camille, bien sûr, jeune femme épanouie, autrice de génie, et brillante bachelière, à Clara, sa super petite sœur et illustre dessinatrice. Promis, je ne vous appellerai plus mes poupées ! Et pour finir à Catherine : merci d'avoir été le meilleur parent possible pour mes filles, et de l'avoir été parfois pour deux ! Je suis heureux pour toi.

– Merci Lionel, mais il manque quelqu'un : à Élisabeth !

– À toutes les femmes en fait !

– Oui, et à l'amour hein – la plus grande des forces !

– SURTOUT L'AMOUR !!

DES FEMMES,
DES VRAIES
PAS DES
POUPÉES !

Jacinda Ardern (1980-) : Avec elle, la Nouvelle-Zélande semble avoir trouvé une Première ministre idéale, de 2017 à 2023. Élevée dans la foi mormone, elle l'a abandonnée plus tard, rejetant sa condamnation de l'homosexualité. En 2019, elle a réagi avec force et humanité à l'attentat terroriste contre deux mosquées et des personnes musulmanes à Christchurch, qui a fait 51 morts et autant de blessés. Par la suite, elle a interdit les armes semi-automatiques. Quand elle a annoncé sa grossesse en 2018, plusieurs journalistes ont douté qu'elle puisse continuer à diriger le pays, mais elle l'a fait pendant encore cinq ans. Elle a dit : « Je refuse de croire que vous ne pouvez pas être à la fois compatissant et fort. »

Jane Austen (1775-1817) : Romancière anglaise emblématique du réalisme littéraire. Ses livres romantiques ont été des précurseurs des séries – *Orgueil et préjugés* se lit en boucle ! D'ailleurs, ils sont régulièrement adaptés à l'écran. Alors que ses héroïnes rêvent du mari idéal, Jane, elle, est restée célibataire. Elle a dit : « Le bonheur dans le mariage est uniquement une question de chance. » Et : « Je déclare qu'après tout, il n'y a pas de plaisir qui vaille la lecture. »

Ruth Bader Ginsburg (1933-2020) : Véritable star des droits des femmes. Avocate, juriste et universitaire, elle a été la deuxième femme à être nommée juge à la Cour suprême des États-Unis. Ce petit bout de femme s'est imposée par son intelligence et son culot. Au sujet de l'avortement elle a dit : « C'est une décision centrale pour la vie des femmes, leur dignité. Une décision qu'elles doivent prendre pour elles-mêmes. Quand le gouvernement contrôle cette décision pour elles, il les traite comme si elles n'étaient pas pleinement des personnes adultes, responsables de leurs propres choix. » Et : « La lecture est la clé qui ouvre les portes à beaucoup de bonnes choses dans la vie. La lecture a façonné mes rêves, et plus de lecture m'a aidée à réaliser mes rêves. »

Sarah Bernhardt (1844-1923) : Son nom clignote, c'est celui d'une des plus grandes actrices françaises. Après avoir démissionné de la Comédie-Française, elle a joué sur les cinq continents : une première ! Même l'amputation de sa jambe ne l'a pas empêchée de jouer… assise. Elle était aussi peintre et sculptrice. La liste de ses amants est longue. Elle a soutenu Émile Zola pendant l'affaire Dreyfus, a défendu l'anarchiste Louise Michel et s'est battue contre la peine de mort. Elle a dit : « Il faut haïr très peu, car c'est très fatigant. Il faut mépriser beaucoup, pardonner souvent, mais ne jamais oublier. Le pardon ne peut entraîner l'oubli ; pour moi, du moins. » Et à une actrice qui dit ne pas avoir le trac sur scène : « Ne vous en faites pas, cela viendra avec le talent. »

Marie Curie (1867-1934) : Pour ne pas être oubliée, rien de tel que d'être la première femme à recevoir le prix Nobel. Et même, à en recevoir DEUX ! Née en Pologne et naturalisée française, Marie Curie a découvert le radium. Cette découverte lui a valu d'être récompensée en physique, puis en chimie ; mais les radiations lui ont coûté la vie. Aujourd'hui, 360 écoles portent son nom, et plus de 250 portent celui de sa fille, Irène Joliot-Curie, chimiste elle aussi. Elle a dit : « Dans la vie, rien n'est à craindre, tout est à comprendre. » Ou : « La vie n'est facile pour aucun de nous. Mais quoi, il faut avoir de la persévérance, et surtout de la confiance en soi. Il faut croire que l'on est doué pour quelque chose, et que, cette chose, il faut donc l'atteindre coûte que coûte. »

Mileva Einstein (1875-1948) : C'était l'une des rares femmes physiciennes à l'École polytechnique fédérale de Zurich où étudiait d'Albert Einstein. Ils se sont mariés et, quand elle est tombée enceinte du premier de leurs trois enfants, elle a interrompu son travail doctoral… mais pas la recherche. Une grande partie des découvertes pour lesquelles Albert a reçu le prix Nobel semble provenir de son travail avec Mileva. On l'appelle « la physicienne de l'ombre », « l'inconnue de l'équation ». Si Albert était un génie, c'était aussi un piètre mari. Elle lui a écrit : « Comment peux-tu être aussi négligent avec mon cœur ? »

Rosalind Franklin (1920-1958) : Elle était physico-chimiste. Qu'est-ce que ça veut dire ? Qu'elle étudiait les molécules qui composent le monde et le vivant. Elle a notamment contribué à la découverte de l'ADN ! Mais ce sont ses collègues masculins, exploitant ses travaux, qui ont été récompensés par le prix Nobel. Quarante-cinq ans après sa mort, l'un d'entre eux a enfin admis qu'elle aurait dû l'avoir aussi. Elle a dit : « La science et la vie quotidienne ne peuvent et ne doivent pas être séparées. »

Marthe Gautier (1925-2022) : Médecin française, elle a longtemps fait partie des femmes scientifiques oubliées au profit des hommes. Née dans une famille d'agriculteurs, elle a été encouragée par sa mère à faire des études. Spécialisée en cardiopédiatrie, elle a découvert en observant des cellules d'enfants atteints du syndrome de Down qu'ils avaient un troisième chromosome 21. Un collègue professeur s'est attribué le principal rôle dans sa découverte, et en a été récompensé à sa place. Réhabilitée à la fin de sa vie, elle a dit : « On a beau travailler, on fait quelque chose, on réussit et on n'est même pas capable d'être reconnue agréablement. Je suis toujours, et je reste dégoûtée. »

Françoise Giroud (1916-2003) : Cette grande femme de presse a d'abord été la première femme scripte du cinéma français. Impliquée dans la Résistance, elle a été emprisonnée à Fresnes de mars à juin 1944. À la sortie de la guerre, elle est devenue directrice de la rédaction d'un nouveau magazine, moderne et féministe : *Elle*. Elle a ensuite fondé *L'Express* avec Jean-Jacques Servan-Schreiber. Écrivaine, on lui doit *Histoire d'une femme libre*, ou *On ne peut pas être heureux tout le temps*. Entrée en politique, elle a été deux fois secrétaire d'État : d'abord à la Condition féminine, puis à la Culture. Elle a dit : « La femme serait vraiment l'égale de l'homme le jour où, à un poste important, on désignerait une femme incompétente. »

Emma Goldman (1869-1940) : Intellectuelle et anarchiste russe qui a passé sa vie sous surveillance, et en exil. Elle a été emprisonnée pour ses incitations à la révolution, mais aussi pour avoir distribué des écrits/brochures sur la contraception. Elle a dit : « Si je ne peux pas danser, je ne veux pas faire partie de votre Révolution. » Et aussi : « Le bonheur des femmes libres ne sera réel que s'il est partagé avec des hommes libres, avec lesquels il sera juste de combattre, doux d'aimer et réjouissant de travailler, de créer, d'avoir ou non des enfants, selon les désirs de chacun et de chacune. »

Olympe de Gouges (1748-1793) : Grande pionnière française du féminisme. Femme de lettres et grande révolutionnaire, elle a rédigé la *Déclaration des droits de la femme et de la citoyenne* (1791). En récompense de son activisme et de ses contributions, on l'a conduite à l'échafaud pour la guillotiner... Elle a dit : « La femme naît libre et demeure égale à l'homme en droits. Les distinctions sociales ne peuvent être fondées que sur l'utilité commune. La femme a le droit de monter à l'échafaud ; elle doit avoir également celui de monter à la tribune. »

Émilie Gourd (1879-1946) : Ce n'est pas évident de devenir une grande militante féministe quand on vient de la haute bourgeoisie protestante suisse. Elle a fondé le journal *Le Mouvement féministe* en 1912, dont elle est restée rédactrice en chef jusqu'à sa mort. Elle a fondé des associations pour donner du travail aux femmes pendant la Première Guerre mondiale, pour lutter contre l'alcoolisme et la prostitution, ou encore pour combattre les idées fascistes en Suisse. À sa mort, dans son canton de Genève, les femmes n'avaient toujours pas le droit de vote. Elle a dit : « Sans l'émancipation de la femme, le terme de démocratie n'est qu'hypocrisie et mensonge. »

Alice Guy (1873-1968) : La première réalisatrice de l'histoire du cinéma avec *La Fée aux choux*, qu'elle tourne en 1896 à 23 ans. Entrée chez Gaumont comme secrétaire, elle est devenue scénariste, réalisatrice, et productrice. Dans son court métrage de 1906, *Les Résultats du féminisme*, les hommes et les femmes échangent leurs rôles. Après s'être mariée avec Hubert Blaché, elle s'est installée aux États-Unis et est devenue aussi la première femme à monter sa propre société de production. Elle a dit : « Mon prince charmant était le cinéma. »

Gisèle Halimi (1927-2020) : Née à La Goulette, en Tunisie, Gisèle Halimi s'est intéressée très jeune à la cause féminine, aux droits des peuples et aux libertés fondamentales. En 1971, c'était la seule avocate signataire du « Manifeste des 343 ». Ces Françaises déclaraient avoir avorté clandestinement et militaient pour un libre accès à la contraception et pour la légalisation de l'avortement, qui est arrivée quatre ans après. Femme politique, altermondialiste, elle s'est engagée toute sa vie. Elle a dit : « Je dis aux femmes trois choses : votre indépendance économique est la clé de votre libération. Ne laissez rien passer dans les gestes, le langage, les situations, qui attentent à votre dignité. Ne vous résignez jamais ! »

Frida Kahlo (1907-1954) : Atteinte de poliomyélite à 6 ans et surnommée « Frida la boiteuse », puis grièvement blessée dans un accident de bus à 18 ans, cette artiste mexicaine a subi une trentaine d'opérations et passé sa vie dans la douleur. Cela ne l'a pas empêchée d'intégrer une école d'art, de devenir la reine de l'autoportrait et des fresques murales, d'être une militante communiste et une féministe farouche, fière de sa bisexualité, ou encore de soutenir l'amour de sa vie, le peintre Diego Rivera. Elle a dit : « Je peins des autoportraits parce que je me sens si souvent seule, parce que je suis la personne que je connais le mieux » et « Au bout du compte, nous pouvons supporter beaucoup plus de choses que nous ne pensions pouvoir le faire. »

Ada Lovelace (1815-1852) : Pionnière de l'informatique, et toute première programmeuse. C'est bien elle, une femme, qui a réalisé le premier véritable programme informatique sur l'ancêtre de l'ordinateur, la machine analytique de Charles Babbage. Seule fille légitime du grand poète lord Byron, sa passion à elle, c'étaient les mathématiques ! Aujourd'hui, le langage de programmation Ada lui rend hommage. Elle a dit : « Plus j'étudie, plus je me sens insatiable. »

Danièle Mazet-Delpeuch (1942-2024) : Une cheffe hors du commun, qui montre que la cuisine peut emmener loin ! À l'Élysée, par exemple : elle a cuisiné pour François Mitterrand pendant deux ans. Ou encore jusqu'en Antarctique : à 60 ans, elle s'est embarquée pour une mission de plus d'un an et préparait les repas des scientifiques en expédition. Le poste était réservé à un homme jeune, mais elle a refusé de se laisser faire par ces discriminations. Ensuite, elle est retournée dans le Périgord, entre les oies et les truffes : des spécialités qu'elle a fait connaître aux touristes du monde entier. Le film *Les Saveurs du palais*, avec Catherine Frot, raconte sa vie. Elle a dit : « Le métier de cuisinière n'est qu'un passeport pour aller à la rencontre des autres. »

Lise Meitner (1878-1968) : Injustement ignorée par le comité du prix Nobel, cette Autrichienne a pourtant joué un grand rôle dans la découverte de la fission nucléaire. Juive, elle a dû fuir l'Allemagne nazie en 1938 pour se rendre aux Pays-Bas, puis en Suède, dont elle devient citoyenne. Elle a refusé de rejoindre le projet Manhattan aux États-Unis, qui avait pour but de mettre au point la bombe nucléaire. Elle a dit : « La vie n'a pas besoin d'être simple, du moment qu'elle n'est pas vide de contenu. »

Maria Montessori (1870-1952) : Médecin italien à une époque où il était presque impossible pour une femme de s'inscrire à la faculté de médecine, elle est mondialement connue pour sa pédagogie. Elle a élaboré une méthode d'éducation alternative basée sur le respect de l'enfant : il s'agit de l'accompagner dans une liberté de choix, afin de pleinement développer ses facultés cognitives et sa motricité par l'autonomie et l'expérimentation. Elle a dit : « Libérez le potentiel de l'enfant et vous transformez le monde avec lui. »

Grace Paley (1922-2007) : On ne dirait pas une femme de lettres n'est-ce pas, ce petit bout de femme échevelée ? Et pourtant, cette New-Yorkaise, activiste de gauche, a écrit des livres cultes ! Dans ses *Nouvelles*, elle pratique ce qu'elle appelle la *sudden fiction* (« fiction subite ») : des histoires à la fois terre à terre et hilarantes, encore plus savoureuses lues à voix haute ! Elle a dit : « Les femmes doivent se serrer les coudes. N'avez-vous donc rien appris ? »

Emmeline Pankhurst (1858-1928) : On l'a comptée parmi les cent personnes les plus importantes du XXe siècle. Il faut dire que cette militante politique britannique a largement ouvert la voie au suffrage des femmes en Angleterre. Emprisonnée à plusieurs reprises, elle se considérait comme un soldat sur un champ de bataille. Ce n'est pas confortable d'être une précurseure ! Les suffragettes n'ont obtenu l'égalité entre les hommes et les femmes en matière de vote que l'année de sa mort, en 1928. Elle a dit : « La justice et le jugement se trouvent souvent dans un monde à part. »

Rosa Parks (1913-2005) : Certaines bouffées de courage font avancer l'histoire. Les États-Unis en 1955, divisés par le racisme et le ségrégationnisme, avaient bien besoin de gestes comme celui de Rosa. Dans un bus de Montgomery, Alabama, elle a résisté au passager qui exigeait qu'elle lui cède sa place, sous prétexte qu'il était blanc, et qu'elle était noire. Elle a été arrêtée et condamnée. Elle a fait appel du jugement au tribunal, et un boycott des bus a été organisé pour la soutenir ! La communauté afro-américaine l'a suivie, et elle est devenue l'égérie d'un mouvement national pour l'égalité des droits civiques. Elle a dit : « Vous ne devez jamais avoir peur de ce que vous faites quand c'est juste. »

Édith Piaf (1915-1963) : Née dans une famille du cirque, elle a été maltraitée toute son enfance. Lorsqu'elle a eu 9 ans, son père a commencé à exploiter sa voix exceptionnelle dans ses spectacles. Elle a fui son emprise à 15 ans pour devenir chanteuse dans les rues, et a ensuite enchaîné les petits boulots pour entretenir sa fille Marcelle. Chanteuse de cabaret et de music-hall, « la Môme Piaf » est devenue la plus grande vedette de la chanson française. Plutôt collabo pendant la Deuxième Guerre Mondiale, elle a été blanchie par un comité d'épuration. Elle a connu autant de gloire que de drames. Bien qu'elle ait chanté *La Vie en rose*, elle a dit : « Chaque putain de chose qu'on fait dans cette vie, on doit la payer. »

Sylvia Plath (1932-1963) : Écrivaine américaine, elle est encore plus connue pour son suicide que pour ses magnifiques poèmes. On a du mal à supporter l'idée qu'une jeune femme si douée (elle a publié son premier poème à 8 ans), mère de deux enfants, a souffert au point de se tuer. Elle était hantée par la mort précoce de son père. Séparée de son mari, le poète Ted Hughes, un jour d'hiver londonien, elle a mis sa tête dans le four et a ouvert le gaz. Elle avait laissé sur la table le goûter de ses enfants. Elle a dit : «Je ne pourrai jamais lire tous les livres que je veux; je ne pourrai jamais être tous les gens que je veux, vivre toutes les vies que je veux.»

Perla Servan-Schreiber (1943-) : C'est une grande femme de presse, et la cofondatrice de *Psychologies Magazine*. Mais pas que ! Si vous la suivez sur Instagram ou sur YouTube, Perla Servan-Schreiber vous offrira sa sagesse, son bien-être, ainsi que des astuces de cuisine. Cette cheffe de 80 ans, dans une tenue blanche immaculée, cuisine avec l'énergie, la passion et la joie d'une jeune fille. C'est qu'elle est habitée par la cuisine, celle du quotidien et du partage. On raconte qu'elle peut inviter 14 personnes à midi, tout en sautant elle-même le déjeuner. Elle a dit : « Nourrir l'autre, c'est donner la vie et procurer du bonheur. C'est tellement simple, il n'y a pas de plus grand plaisir. »

Gloria Steinem (1934-) : Elle est beaucoup de « -iste » ; journaliste, documentariste, essayiste, et surtout féministe. Elle a fondé le magazine *Ms*. Elle y aborde les questions au cœur de la seconde vague du féminisme : l'avortement, la contraception, la violence envers les femmes, mais aussi l'aide sociale, les soins, les droits des homosexuels. Elle retrace son parcours dans *Actions scandaleuses et rébellions quotidiennes*. Elle a dit : « Nous avons commencé à élever nos filles comme des fils, mais peu ont le courage d'élever nos fils comme nos filles. »

Greta Thunberg (2003-) : Militante suédoise pour l'environnement et le climat, elle incite les élèves européens à faire la grève scolaire pour protester contre l'inaction des États au sujet du réchauffement climatique. Son combat pour sauver la planète, engagé dès l'enfance, a fait d'elle une héroïne des jeunes du monde entier. Elle a dit : « Plus grande est votre empreinte carbone, plus grand est votre devoir. » Et aux dirigeants de l'ONU : « Nous sommes au début d'une extinction de masse. Et tout ce dont vous parlez c'est d'argent, du conte de fées d'une croissance économique éternelle. Comment osez-vous ?

Simone Veil (1927-2017) : Magistrate et femme d'État, sa vie est marquée par la Shoah et par sa déportation à Auschwitz, quand elle avait 16 ans. Elle y a perdu sa mère, son père et son frère. Rescapée avec ses sœurs, elle a fait des études de droit et de sciences politiques. Nommée ministre de la Santé en 1975, elle est devenue l'icône de la lutte contre la discrimination des femmes en France en défendant l'interruption volontaire de grossesse (IVG), autorisée par la loi Veil. Aux militants du Front national qui essayaient d'empêcher son élection au Parlement européen, elle a dit : « Vous ne me faites pas peur, pas peur du tout. J'ai survécu à pire que vous ! Vous n'êtes que des SS aux petits pieds ! »

Clara Zetkin (1857-1933) : Cette marxiste allemande a lancé la journée internationale de mobilisation pour les droits des femmes, dès 1911. À la fois pacifiste et révolutionnaire, antifasciste et féministe, journaliste et enseignante, elle a été députée au Reichstag de 1920 à 1933. Pour l'empereur Guillaume II, c'était la « sorcière la plus dangereuse du Reich allemand ». Pour Aragon, elle était « la femme de demain… la femme d'aujourd'hui. L'égale ». Elle a dit : « Je veux me battre partout où il y a la vie. » Et : « Il est important que l'éducation ne soit plus seulement l'œuvre de la mère, mais l'œuvre commune du père et de la mère. »

Table

L'autrice

Susie Morgenstern est née en 1945 dans le New Jersey, aux États-Unis, et vit depuis longtemps en France, à Nice. Grand nom de la littérature jeunesse contemporaine, elle a écrit plus de cent cinquante textes, traduits dans plus de vingt langues, et a été récompensée par de nombreux prix littéraires. Bien connue pour sa plume pleine de fantaisie, l'autrice sait éveiller ses jeunes lecteurs à tous les sujets : le corps, la famille, l'école, l'amour, la sexualité, la nourriture , le féminisme… avec humour et sans tabou. Chez Gallimard Jeunesse, on lui doit : *Premier amour, dernier amour* (Folio Junior), *Oukélé la télé* (Folio Cadet), *La Valise rose* (album). Avec Catel Muller, elle a déjà publié *Soutif* (roman junior) en 2021.

Bibliographie sélective

CHEZ GALLIMARD JEUNESSE :

Premier amour, dernier amour, illustré par Anne Tonnac, Folio Junior, 2010 ; CD audio lu par Marilou Berry, 2005

La Valise rose, illustré par Serge Bloch, album, 2015

Oukélé la télé, illustré par Pef, Folio Cadet, 2018

Mon chez-moi n'est plus chez moi, illustré par Serge Bloch, album, 2018

Soutif, avec Catel Muller, roman junior, 2021

À L'ÉCOLE DES LOISIRS :

La Sixième, 1985

La Plage en béton, 1989

La première fois que j'ai eu seize ans, 1990

C'est pas juste, ou les déboires d'une petite fille entreprenante, 1990

Même les princesses doivent aller à l'école, illustré par Serge Bloch, 1991

Lettres d'amour de 0 à 10 ans, 1996
Les Deux Moitiés de l'amitié, 2003
Comment tomber amoureux sans tomber, 2017
Learn French, 2023

CHEZ D'AUTRES ÉDITEURS :
Le Cœur en panne, Bayard, 2008
Ma nouvelle boîte à histoires, La Martinière Jeunesse, 2010
La Famille trop d'filles, Nathan, 2012-2023
Tes seins tombent, Actes Sud Junior, 2014
Carnet de l'apprenti écrivain, illustré par Theresa Bronn, La Martinière Jeunesse, 2016
Be Happy, mes plus belles comédies musicales, illustré par Sébastien Mourrain, Didier Jeunesse, 2018
Il pleut des en fait, des du coup et des voilà, illustré par Aline Bureau, Rageot, 2019
Touche moi, collection l'Ardeur, Thierry Magnier, 2020
Mes 18 exils, L'Iconoclaste, 2021
Je suis un génie, L'Iconoclaste, 2023
La Rentrée sans tête, Les Arènes, 2024

L'illustratrice

Entre presse, bande dessinée et édition, l'œuvre de **Catel Muller**, dite Catel, est composée d'une cinquantaine d'ouvrages. Comme Camille et Clara, elle se consacre notamment à raconter la vie de femmes extraordinaires dans la série de romans graphiques pour adultes «Les Clandestines de l'Histoire», avec *Olympe de Gouges, Joséphine Baker, Alice Guy, Kiki de Montparnasse* (primé au Festival d'Angoulême) et *Anita Conti*. Chez Gallimard Jeunesse, elle signe, avec Anne Goscinny, la série à succès *Le Monde de Lucrèce* (roman cadet) et illustre la série *Marion et Cie* (Folio Junior), de Fanny Joly. Avec Susie Morgenstern, elle a déjà publié *Soutif* (roman junior) en 2021.

Le papier de cet ouvrage est composé de fibres naturelles, renouvelables, recyclables et fabriquées à partir de bois provenant de forêts gérées durablement.

Mise en pages : Maryline Gatepaille

Loi n° 49-956 du 16 juillet 1949
sur les publications destinées à la jeunesse
ISBN : 978-2-07-520831-4
Numéro d'édition : 626819
Dépôt légal : janvier 2025

Imprimé en Italie par Grafica Veneta